Le Livre de Poche Jeunesse

# PERFECT
## Illusion

**Claudia Tan**

Claudia Tan est auteure de romance. À l'âge de seize ans, elle publie sur Wattpad *Perfect Illusion*, son premier roman et le premier tome de la série *Perfect*. La série a depuis remporté un grand succès, avec plus de cent dix millions de lecteurs et deux cents mille followers.

**Du même auteur**

- Perfect Addiction
- Perfect Redemption

CLAUDIA TAN

# PERFECT
## Illusion

TRADUIT DE L'ANGLAIS (ÉTATS-UNIS)
PAR BRIGITTE HÉBERT

Couverture : Hachette Romans Studio
Visuel : © Lilac Home / Shutterstock

Traduit de l'anglais (États-Unis) par Brigitte Hébert
L'édition originale de cet ouvrage a paru en langue anglaise
sur la plateforme d'écriture Wattpad, sous le même titre.

# 1

## RENCONTRE DANS L'ESCALIER

Ce mec est trop mignon. J'adore sa veste en jean. Il essaye de sortir quelque chose de sa poche, mais l'objet lui résiste. Ça l'énerve et moi, ça m'amuse ! Cheveux noirs, yeux noisette, pommettes hautes, longs cils, bouche sexy, décidément, tout me plaît chez lui. Il n'a pas l'air beaucoup plus âgé que moi. Vingt ans peut-être ?

Ça y est, M. Sexy a réussi à régler son problème : c'était son trousseau de clés. Tiens, il entre dans notre cage d'escalier. On sera voisins, trop cool. Il n'a pas remarqué que je le reluquais depuis cinq bonnes minutes. Je crois même que j'en avais l'eau à la bouche comme une écolière boutonneuse.

Je sais, je suis une fille pathétique.

Pas surprenant que mes parents m'aient poussée à quitter le domicile familial pour aller vivre avec Cara, alors que notre maison se trouve à vingt minutes du campus. Mais il paraît que je dois expérimenter, découvrir des trucs aussi basiques que de s'occuper du linge sale ou de réussir à choisir un melon au supermarché. Je dois aussi apprendre à ne pas baver lamentablement devant un mec trop mignon. Bref, Cara a du pain sur la planche avec moi.

— Bah alors, tes cartons, ils vont monter tout seuls ? lance une voix familière.

Cara me fixe d'un regard furibond. En même temps, cela fait plus de deux heures qu'on déménage mes affaires, elle en a ras la casquette. D'un autre côté, ce n'est pas ma faute si elle le fait en talons aiguilles et minijupe.

— Allô, la Terre ? dit encore Cara.

— Pardon ! Il n'y en a plus que trois, je finirai seule.

— C'est bon, je les sors du coffre, grommelle mon amie.

Elle les pose au sommet de la pile. Ses yeux lancent des éclairs et me scrutent en même temps. Je crois qu'elle a deviné pourquoi j'étais dans les nuages. Cara repart garer ma voiture, j'espère qu'elle ne va pas rayer la carrosserie de mon bébé d'amour (oui, en plus du reste, je suis dingue de ma caisse). Oh, M. Veste-en-jean est ressorti, il tourne la tête vers moi.

*Merde alors.*

C'est à mon tour de commencer à tripoter nerveusement mes clés, histoire de me donner une contenance. Mon problème, c'est que je suis encore plus maladroite quand on m'observe. Je fixe mes chaussures, je coince une mèche rebelle derrière mon oreille, je jette un coup d'œil rapide vers lui. Il me regarde toujours, en plissant le front cette fois-ci. Peut-être se demande-t-il si on se connaît déjà. Le voilà qui sourit. Un sourire incroyable qui illumine ses yeux et creuse ses fossettes. Finalement, mes parents avaient raison de me pousser à partir ! Aucun regret pour les chambres du campus, je préfère m'installer à côté de M. Sourire-craquant !

Bon, j'arrête de le mater. Au boulot. Je saisis ma pile de cartons. C'est lourd, mais je m'applique. Je ne voudrais pas passer pour une petite nature devant mon admirateur. Je commence à gravir les marches du perron.

— Aïe !

Le mur, je me suis pris le mur. *Vlan*, la tour de Pise dégringole, les caisses s'éventrent, mes affaires volent. Je tente d'éviter le désastre total en plongeant pour rattraper la dernière. Erreur.

— Tu t'es fait mal ? demande mon spectateur.

— Euh… Ça pourrait aller mieux.

Une violente douleur m'élance la cheville droite. Je crois qu'il se retient d'éclater de rire. Il me tend la main, m'aide à me relever, me soutient par l'épaule. Je m'appuie sur lui, un peu, beaucoup, sa chaleur irradie en moi. Il recule imperceptiblement. Dommage.

— Merci. Désolée, dis-je en m'agrippant à la rampe.

— Pas de quoi ! Ça peut arriver à tout le monde.

L'adorable gentleman se baisse pour rassembler mes cartons. Sa proximité me trouble.

— Normalement, je ne suis pas aussi empotée, j'ai été serveuse. J'emménage au quatrième, je m'appelle Alex.

Je ne sais pas pourquoi je lui raconte ma vie. Son sourire s'élargit à nouveau, c'est au moins ça de gagné.

— Alex, c'est un diminutif ?

— Oui. Je trouve qu'Alexandria est trop long.

— Alexandria ! répète-t-il avec délectation.

*J'adore quand il prononce mon nom.*

— Moi, c'est Nate, un raccourci de Nathaniel ! Tu arrives pour la journée d'intégration des *Freshmen* ?

— Oui, je suis nouvelle. Toi aussi ?

— Non, c'est ma deuxième année. *Sophomore*, pour vous servir, ta sœur et toi !

*Ma sœur ? Qu'est-ce qu'il raconte ?*

— Cara est une amie. Mais je suis contente que tu dises qu'on se ressemble, je la trouve très belle !

— Toi aussi, réplique-t-il du tac au tac en plissant ses yeux noisette.

Je pique un fard en passant par toutes les nuances de rouge. Qu'est-ce que je peux répondre à ce compliment ? Nate attend, un fin sourire en coin... Tout d'un coup, je me fige : je réalise avec horreur qu'il est planté au milieu de mes petites culottes en dentelle et de mes soutiens-gorge balconnets. Au secours, toute ma lingerie est éparpillée sur deux mètres à la ronde !

La honte. Alex, championne toutes catégories du ridicule. C'est reparti, je me jette à quatre pattes pour rassembler mes affaires. Nate rigole. OK, ce mec est du genre joyeux et moi, je suis Miss Cruche n° 1. Une pile de sous-vêtements dégringole à ses pieds.

— Pardon, je n'en loupe pas une, je suis…

— T'inquiète ! Ça peut arriver à tout le monde.

— N'empêche, je suis vraiment trop, trop ridicule.

C'est vrai, quelle idiote, je pourrais me flanquer des baffes.

— Alex ? Je vais t'aider à remonter tes…

— Non, c'est bon ! Aïe ! dis-je en essayant de m'appuyer sur ma cheville.

— Laisse-moi regarder. S'il te plaît, Alex.

Je m'assois en soupirant. Nate s'adresse à moi comme si on était amis depuis longtemps. Il s'accroupit, écarte une mèche de mon front puis me relève doucement le menton. Ce mec a des yeux sublimes.

— Je peux, Alex ?

J'abdique. OK pour la consultation médicale. Avec délicatesse, il palpe mon hématome. Son pouce glisse sur ma peau, une vraie caresse… *Ouh là là, retenez-moi !*

— Je crois que c'est une entorse. Ce serait mieux de bander ta cheville. J'ai une trousse de secours chez moi, je reviens dans deux minutes.

— Hé bé, c'est réussi comme première rencontre, je murmure.

— Oui, je trouve aussi !

On éclate de rire au même moment.

S'adapter à un nouvel environnement me demande des efforts surhumains, je n'ai jamais été forte pour gérer les changements. Aujourd'hui, je suis contente de m'installer avec Cara, ma meilleure amie depuis l'école primaire. Je ne connaîtrai personne en dehors d'elle à l'université, mais je sens que je vais assurer : j'ai envie que ma vie évolue.

Nate a pris les choses en main pour mes affaires, il les monte dans l'appart pendant que je reste assise, le pied bandé en appui sur un tabouret. La potiche inutile, quoi.

Cara entre alors que Nate dépose le dernier carton. Je suis surprise qu'il ne soit pas scotché par son apparition : avec sa tenue archi-sexy et son chignon artistiquement défait, Cara est canon. Elle l'a toujours été. Mais Nate ne se comporte absolument pas comme l'essaim de mecs qui papillonnent habituellement autour d'elle. Il n'a pas un seul regard pour ses jambes interminables et bronzées ou pour ses petites fesses parfaites et moulées. Au contraire, j'ai l'impression qu'il serait capable de la sermonner sur ses fringues. D'ailleurs, ma copine a l'air fâchée qu'il reste insensible à ses charmes ! Je rigole.

Zut, la voilà qui fonce sur moi en agitant les bras. Grande scène en perspective.

— On fait comment avec ta tonne d'affaires, Alex ? Ça déborde de partout.

— Arrête, Cara ! C'est juste quelques vêtements, des chaussures et mes bouquins.

*Comment se lancer dans une nouvelle vie sans mes romances préférées ?*

— C'est quoi, le problème ? s'enquiert Nate.

— Alex est obsédée par les livres, tu viens d'en charrier des tonnes, je te signale.

— Tu es une grande lectrice, Alex ? me demande-t-il avec son adorable sourire.

— Oui… Un peu.

— Un peu ? C'est une dingue, une givrée des librairies, elle achète tout ce qui sort, s'étrangle Cara. On a compté ses livres, elle en a plus de huit cents.

*Merci, ma meilleure amie.* J'essaye de faire bonne impression devant notre charmant voisin et, en moins de deux secondes, elle me casse mon plan.

— Ouah ! Tant que ça ? siffle Nate.

— Hé, j'en ai laissé à la maison !

— Deux ? Trois ? J'ai oublié, insiste cette traîtresse de Cara.

Nate s'amuse devant notre scène de vieux couple blasé de la vie à deux alors qu'elle n'a même pas encore commencé.

— Je serais curieux de les voir, Alex, si tu es d'accord, bien sûr, ajoute Nate.

Oh, un mec intéressé par les livres, par mes livres, je rêve.

— Laisse tomber, tu n'aimeras pas, dis-je.

Nate sourit de plus belle. Décidément, sa palette de sourires me plaît.

— Si, si, ça m'intéresse.

Il s'approche de moi comme pour me parler en aparté.

— Tu as l'air d'y être très attachée, en plus, chuchote-t-il.

Nos regards s'accrochent. J'ai l'impression que ses yeux sont remplis de promesses. Je rougis comme une tomate.

— D'accord. Je te les montrerai quand ils seront rangés, je bafouille.

— Super… Au fait, j'aime beaucoup la déco chez vous.

Effectivement c'est très sympa ici, mais je n'y suis pour rien, c'est l'œuvre de Cara, qui a beaucoup de goût. Elle joue maintenant la parfaite maîtresse de maison en nous servant trois verres de jus d'orange. Zut, je n'y avais même pas pensé.

— Je voudrais bien faire pareil chez moi, mais j'ai des colocs trop balourds pour apprécier ce qui est beau, dit Nate.

— Tu as des colocs, toi ?

C'est drôle, je l'avais imaginé seul chez lui, allez savoir pourquoi !

— Oui, deux. Simon, mon meilleur ami, un champion de jeux vidéo qui ne sort pas de sa chambre. Et Daniel, un tombeur de nanas, tout le contraire de Simon. Je vous conseille d'éviter de croiser sa route, il ne vit que pour son tableau de chasse.

Daniel. Pas possible. Est-ce que… ?

*Du calme, Alex, respire. Plein de mecs aux États-Unis s'appellent Daniel, inutile de faire une fixette.*

J'essaye de reprendre le fil de leur conversation. Cara a sûrement posé une question sur les fameux colocs parce que Nate est toujours sur le même sujet :

—… Ouais, Daniel te refilerait de l'herpès !

Beurk. Nate éclate de rire devant mon air dégoûté, puis il consulte sa montre.

— Zut, déjà, faut que je file. Bye, les filles, bonne installation. Pense à soigner ta cheville, Alex !

Il s'en va. L'appart est soudain plus triste. Sa présence était… Je sens deux yeux fixés sur moi. Ah. Cara. Je l'avais oubliée.

— Quoi ?

— Il est mignon, n'est-ce pas ? me demande-t-elle en détachant ses mots.

— Qui ? Nate ?

— Alex ! Arrête de faire l'idiote !

Si j'entame le sujet potins avec Cara, on y sera encore demain et je me ferai des films toute la nuit sur Nate, et… Stop.

— Je vais dégager les cartons du salon, OK ?

— D'accord, et après tu me raconteras ce qui s'est passé dans l'escalier, on dirait que j'ai raté le scoop de la journée.

— Mais non !

— Mais si !

*Merde, elle ne lâchera pas le morceau.*

# 2

## PREMIER JOUR DE COURS

Mon emploi du temps est top, je commence tous les jours à onze heures, du coup je peux dormir tard. Tous les étudiants du monde en rêvent, n'est-ce pas ?

Ce matin, le premier de ma nouvelle vie, j'ai adoré me réveiller sans sonnerie, traîner sous ma couette, sortir du lit tranquillement, sans ma mère pour me hurler depuis la cuisine « Alex, dépêche-toi ! ». J'aime bien prendre mon temps, pas comme mes parents, toujours speedés. Depuis qu'ils ont créé leur société Wood & Co., ils sont devenus des fous de boulot, des drogués de l'activité professionnelle non-stop. Le bureau est leur deuxième maison, faire fortune leur unique préoccupation.

En gentille fille qui se soucie d'eux, j'appelle ma mère pour donner de mes nouvelles. Elle décroche à la troisième sonnerie. Incroyable.

— Margareth Wood, j'écoute.

— Maman, c'est moi !

Elle me consacre exactement quatre secondes et demie, puis j'entends le bruit de ses doigts qui pianotent sur un clavier d'ordinateur.

— Maman, tu me passes papa, s'il te plaît ?

— Pas maintenant, Alex.

— Ah bon, pourquoi ?

— Il n'a pas le temps. Une grosse affaire, tu comprends.

Et voilà. Mon père n'a plus jamais le temps de rien, allez savoir pourquoi. Je décide quand même de raconter l'emménagement, ma cheville, les cartons renversés dans l'escalier, mais pas Nate.

— Ah… oh… oui, je vois, répond ma mère, qui m'écoute d'une oreille distraite.

En sortant de ma chambre, j'aperçois Cara, les coudes sur le comptoir de la cuisine, absorbée par sa tablette. Même mal coiffée (ou pas coiffée du tout), cette fille en jette.

— Maman, je te laisse, faut que je parte en cours.

— OK, bonne journée, ma chérie.

Et elle raccroche. *Fiou*. Ma mère est expéditive, ça fait peur. Je m'écroule dans un fauteuil tellement ça me scie.

— Alex ? Tout va bien ? demande Cara.

— Oui, oui, c'est bon.

— Alors on y va ! Premier petit déjeuner à la fac, faut fêter ça.

Stony Brook, notre quartier, est bien situé par rapport au campus, mais, comme on est flemmardes et que j'ai encore mal à la cheville, on prend ma voiture. Ma super Cadillac toute neuve. Mes parents me l'ont offerte pour la fin du lycée. C'était sûrement une façon de se dédouaner pour tout le temps qu'ils passent à bosser, week-ends compris.

Dix minutes plus tard, nous entrons dans le parking du Boston College, perché au sommet de la colline. Aucun doute, c'est magnifique, je vais me plaire ici.

Cara m'entraîne vers la cafèt', où l'on s'achète des smoothies et des muffins qu'on va manger dehors au soleil. Il y a déjà de nombreux étudiants. Les nouveaux, comme Cara et moi, se repèrent facilement : ils sont surexcités, habillés avec soin, c'est amusant.

Cara ne me pose pas de questions sur le coup de fil de ce matin, elle connaît la situation avec mes parents. On papote tranquillement. Au bout d'un quart d'heure, je me lève, il est temps d'aller faire ma rentrée.

— Bye. Je n'ai pas envie d'être en retard.

Cara ne bouge pas, elle et moi ne sommes pas ensemble dans tous les cours.

— Mets-toi au premier rang, surtout ! se moque-t-elle.

J'arrive en cours de création littéraire avec quinze bonnes minutes d'avance. Ça me permet de choisir une place discrète au milieu de l'amphi, qui commence à se remplir.

Les étudiants continuent d'affluer, ceux qui se connaissent déjà se rassemblent. OK, j'aurais peut-être dû me coller à un groupe, j'ai tout de la pauvre cloche paumée. Ça craint.

Je passe en revue tous mes stylos pour avoir l'air moins conne. Mon téléphone bipe. Message d'un numéro inconnu.

*Je te vois. Nate.*

Je relève la tête et scrute les visages sans le repérer dans l'amphi. D'ailleurs, que ferait-il dans un cours de première année ?

*Comment t'as eu mon numéro ? Je te vois pas, t'es où ?*

Mon téléphone vibre encore.

*Devant.*

Je ressors le périscope. Ça y est, je le vois. Il est debout près de la porte et me fixe avec son grand sourire. Ses cheveux sombres sont ramenés en arrière. Il porte un T-shirt gris, un jean et des baskets. J'ai le visage en feu. Je lui adresse un coucou de la main.

*Salut, Alex !* je reçois aussitôt par message.

*Comment va ta cheville ?*

Rose de plaisir, je tape ma réponse : *Mieux, merci. C'est Cara qui t'a donné mon num ?*

Je le vois lire, froncer les sourcils puis relever la tête.

*Oui. À l'instant.*

OK. Cara avait raison de traîner dehors.

*Salut, mon cours va commencer, tu devrais y aller !*

Il se marre en découvrant mon message.

*Non, je reste !*

Zut alors, qu'est-ce qu'il vient foutre ici ? Me voir ? Un deuxième texto m'apporte la réponse :

*Je suis là pour Daniel. Il est dans ce cours. Lendemain de cuite pour lui, je préfère l'avoir à l'œil.*

Daniel. Daniel. Daniel. Nate pointe le doigt vers le haut de l'amphi. Merde, c'est bien LE Daniel. Faut vraiment que j'arrête de croire au Père Noël.

Daniel avec ses boucles blondes jamais coiffées. Yeux bleus, visage découpé à la serpe, pas rasé, comme d'habitude. Une fille est en train de lorgner sur ses biceps, puis elle donne un coup de coude à sa voisine. Les ravages de Daniel auprès de la gent féminine. Comme d'habitude.

Il est exactement comme dans mon souvenir.

Dommage que ce mec soit un salaud.

Mon téléphone vibre à nouveau.

*TVB ?*

*Oui, à +*

Horreur, voilà que Daniel dirige un œil vers moi. Il n'y a personne à côté. Non, non, non, non, non, ne viens pas t'asseoir.

Raté, il s'installe. Il repousse légèrement mes affaires en sortant les siennes. Incroyable, on dirait qu'il ne me reconnaît pas. Ou alors, c'est qu'il a choisi de ne pas me reconnaître.

La prof arrive enfin, avec dix minutes de retard. Elle se lance dans le programme de l'année. J'essaye de me concentrer sur ses paroles, mais j'ai du mal. La présence de mon voisin me perturbe.

*Alex, bon sang, réagis.*

Oui, mais bon, pourquoi faut-il que Daniel Kerrington se retrouve à côté de moi le jour de MA rentrée dans MA nouvelle fac ? Le monde est trop cruel. Ou alors c'est mon karma, à cause de ce qui s'est passé cet été.

*Merde.*

J'essaye de prendre des notes sur ce que raconte la prof, mais je crois que j'écris n'importe quoi. On dirait que mon voisin s'en sort mieux malgré son lendemain de cuite. Il mordille le capuchon de son stylo. *Oups*, je replonge la tête dans le cahier. Je dois oublier la présence de ce mec, sinon mon année sera fichue. Sans parler du fait que je suis au Boston College pour quatre ans. Il va falloir que je trouve une stratégie pour ne plus croiser sa route.

Quand l'heure se termine enfin, je rassemble mes affaires en vitesse et fonce jusqu'à la porte. Sauvée. Maintenant, en piste pour le prochain cours. Je remonte le couloir, à gauche, à droite.

*Non !*

Daniel est là, sac en bandoulière. Cette fois-ci, aucun doute, il me reconnaît.

— Tiens donc, dit-il d'une voix lugubre.

Moi qui espérais oublier ce mec jusqu'à la fin de mes jours, c'est raté.

— La fille du resto. La petite salope, persifle-t-il.

— T'as dit quoi, là ?

Je m'en étrangle d'indignation.

— Je t'emmerde, salope, s'écrie-t-il en me faisant un doigt d'honneur.

Trop c'est trop, mon poing part tout seul en plein dans sa sale tronche.

# 3

## DEUX MOIS ET DEMI AUPARAVANT

— Vous avez réservé, monsieur ?

Je suis l'hôtesse du restaurant, c'est moi qui accueille les clients. Le couple qui vient d'entrer se tient étroitement par la taille, j'ai même l'impression que le gars caresse les fesses de sa copine. Pas gonflé, cet enfoiré.

— Oui. Au nom de Daniel Kerrington.

Je le sais très bien, il appelle tous les samedis matin et réserve « une table pour deux à partir de dix-neuf heures ». *Sa* table, près de la fenêtre, le coin le plus agréable de la salle. Ça dure depuis un mois, certains clients commencent à s'en plaindre.

— Une table pour deux personnes, c'est bien ça.

Il ne quitte pas sa nana des yeux sauf pour mater ses seins, qui débordent de son décolleté trèèèès pigeonnant. J'avoue que la fille d'aujourd'hui est très jolie. Vu la manière dont il se comporte dès maintenant, elle passera comme les autres à la casserole direct en sortant d'ici. Daniel Kerrington aligne les conquêtes.

— Bienvenue, monsieur et madame Kerrington, suivez-moi, je vous conduis à votre table.

Cela fait un moment que j'avais envie de la jouer protocolaire, juste pour embêter ce coureur de jupons.

— Euh… Non, on n'est pas mariés, répond-il, un peu gêné.

Sa compagne adore, au contraire. Elle caresse son épaule en lui lançant un regard langoureux.

— Madame Kerrington ? Hum, c'est mignon. J'aime bien !

Ma pauvre fille, si tu savais, il faudrait déjà passer le cap du deuxième rendez-vous.

Je travaille au Kitchen Basilic pendant mes vacances d'été. C'était ça ou me retrouver chez Wood & Co., la boîte de mes parents. Non merci, ça n'aurait jamais collé, assise toute la journée avec eux sur le dos. Ici, c'est sympa comme tout, j'adore les pauses bavardage dans la cuisine, on se raconte des trucs drôles sur les clients.

On m'avait justement mise en garde contre Daniel Kerrington, fils de son père, P-DG de Kerrington Enterprises, une société qui gagne un fric fou en vendant tout l'équipement de la maison. Vaisselle, évier, linge de toilette, même les draps dans lesquels dort Cara.

Daniel est connu pour avoir déjà provoqué des scandales au Kitchen Basilic. Il se pointe toujours au bras d'une nana différente, blonde ou rousse de préférence, avec une grosse poitrine et des jambes interminables. Elle assure la conversation, lui pose un tas de questions, mais cet enfoiré en dit le moins possible sur lui. Au bout d'une heure, une heure et demie max, il demande l'addition et repart avec sa conquête du jour, faussement amoureux. Ensuite, c'est en avant la musique dans son appart tout proche, la gazelle va se faire croquer. Le dimanche matin (il y a toujours des employés au resto pour assister au spectacle), la pauvre fille sort de chez Daniel les vêtements froissés, le maquillage dégoulinant à cause des larmes.

C'est vrai que ce ne sont pas mes affaires et que mes échanges avec lui se bornent à « Bienvenue chez nous, suivez-moi, monsieur Kerrington », ça n'empêche : je hais ce type. Il jette les femmes comme des kleenex.

Donc, je les conduis à leur table, la salle du Kitchen Basilic est déjà pleine à craquer, comme tous les samedis soir. Ils me suivent, j'entends la rousse qui glousse, elle se dandine de plaisir. Une fois qu'ils sont assis, je leur tends les menus. Daniel me rend le sien au bout de trente secondes top chrono. Avec lui, c'est toujours pareil.

— Salade du chef, dit-il sans me regarder.

*Bah voyons, juste une salade, monsieur est pressé.*

— Et toi, ma belle, tu prends quoi ? ajoute-t-il en se tournant vers sa conquête.

Elle rougit du compliment. Si elle savait qu'il les appelle toutes « ma belle ».

— Les côtelettes d'agneau, s'il vous plaît.

Je retourne en cuisine avec leur commande, je croise Marianne, une serveuse qui est devenue ma copine. Elle connaît bien les « sexcapades » de Daniel, comme on les a baptisées.

— Alors, elle est comment ? me demande-t-elle.

— Rousse avec des jambes d'un kilomètre.

— Je vois ! Ça se passe bien ?

— Oui, mais j'ai un mauvais pressentiment…

À juste titre, vous allez comprendre pourquoi.

Le lendemain matin, mes parents étant partis tout le week-end, je reviens dire bonjour au Kitchen Basilic, pour le plaisir. La conversation arrive très vite sur Daniel, notre sujet de commérages n° 1.

— C'était dégueu, il n'a pas arrêté de la tripoter, dit Marianne, qui s'occupait de leur table. Même quand elle coupait sa viande. Et elle poussait des petits cris. J'avais envie de lui demander de couiner moins fort.

— Et c'est comme ça tous les samedis ? s'enquiert un cuisinier.

— Oui, ce mec se croit tout permis.

Si Daniel Kerrington savait qu'il est notre sujet de conversation favori, il n'apprécierait sûrement pas. Mais on peut aussi dire qu'il le cherche, à force de revenir et de se donner en spectacle.

Les clients commençant à arriver pour le brunch, je laisse mes amis démarrer leur service. C'est là que je repère une tête rousse dehors. Merde. La nana d'hier soir, avec un T-shirt trop grand. Rien à voir avec sa jolie tenue de la veille. Mais je remarque aussi qu'elle est rouge de colère. Est-ce que je dois la rejoindre pour l'aider ? Daniel débarque alors dans la scène, à peine habillé, en T-shirt et caleçon. Un vrai défilé Calvin Klein.

Daniel rattrape la fille par l'épaule. Elle se dégage, une vraie furie. Ça me plaît, elle reste combative. La voilà maintenant qui insulte copieusement Daniel, tout ça devant le restaurant.

— Dégage, connard, salaud, enfoiré ! T'es qu'un sale menteur ! hurle-t-elle à s'en casser les cordes vocales.

Je ne suis pas la seule à mater, des clients se sont levés de leur table.

— Tu voulais juste baiser, t'avais promis qu'avec moi ce serait pas pareil ! poursuit la rousse.

— Je n'ai jamais dit ça !

— Si ! Hier soir, pendant le repas !

— OK, j'ai menti, maintenant tais-toi, on nous regarde.

— T'es qu'une sous-merde, Kerrington. Va te faire foutre.

Elle lui balance une gifle en pleine figure. Ouah, cette fille a du tempérament. Marianne éclate de rire. La fille s'en va, Daniel reste à moitié sonné sur le trottoir.

Hé bé ! Bien fait pour lui, ce type est détestable jusqu'à la moelle.

# 4

## MISSION SECRÈTE

Le samedi suivant, Daniel Kerrington se pointe au bras d'une nouvelle nana. Grande, mince, les yeux bleus, de longs cheveux bouclés, une fille canon mais qui semble bien moins « expérimentée » que la précédente. En plus, je la sens nerveuse. Sortir avec Daniel l'impressionne, ça ne fait aucun doute. Elle le couve du regard comme si elle le remerciait à chaque instant de daigner s'intéresser à elle.

J'enrage à l'idée de ce qui l'attend, on dirait un agneau qui implore le loup de se jeter sur lui.

Les deux s'installent à la table habituelle de Daniel, je prends les commandes. Daniel ne m'accorde pas la moindre attention, il est trop occupé à déployer son numéro de charme. Je confirme que la brune est captivée. Réussira-t-elle au moins à le rembarrer demain matin ? *Pfff*, ça m'étonnerait, et elle fera la une des conversations en cuisine…

Je dois essayer de la mettre en garde. J'ignore encore comment, mais plus je les regarde, plus je pense que c'est ma mission humanitaire du jour. Comme d'habitude, il la laisse parler, il place un petit mot par-ci par-là pour l'encourager à continuer pendant que ses mains se promènent sous la table et que ses yeux se perdent dans son décolleté. On dirait même qu'il se pourlèche déjà les babines.

— Cette fois-ci, c'est trop, je murmure à Marianne. Action.

— T'es folle ?

— Ce type est à gerber.

— Un bon conseil, Alex, ne te mêle pas de ça. C'est toi qui vas avoir des ennuis.

— Et elle, demain matin, tu ne crois pas qu'elle sera aussi dans le pétrin ? Il faut lui ouvrir les yeux sur Kerrington.

Marianne lève les yeux au ciel et repart servir les plats qu'elle tient. Je m'en fiche des ennuis. Si j'étais à la place de cette nana, je serais drôlement contente qu'on tente de me protéger d'un prédateur. Je parlerai à cette fille, après elle décidera. Au moins, elle aura été informée sur qui est vraiment Daniel.

Voilà qu'elle se lève pour aller aux toilettes. À moi de jouer, c'est l'occasion. Je la rattrape dans le couloir.

— Salut ! Je m'appelle Alex, je travaille ici... J'ai un truc à te dire qui pourrait t'intéresser.

Je lui raconte le manège que j'ai observé au fil des semaines passées. Les filles, les dîners, les promesses, son appartement à deux pas d'ici, les lendemains matin qui déchantent.

Son sourire s'évanouit rapidement, ses yeux se remplissent de larmes. Elle a du mal à y croire, mais le nombre impressionnant des exemples que je cite achève de la convaincre.

— Il disait qu'avec moi ce n'était pas pareil, murmure-t-elle. Que j'étais ce qui lui était arrivé de mieux.

Je m'en veux d'avoir cassé son rêve, mais c'était plus honnête comme démarche, non ?

— Merci, Alex, j'y retourne.

J'en fais autant et je repars accueillir les clients comme si de rien n'était. En jetant des coups d'œil discrets vers leur table, je me rends compte que l'ambiance n'est plus du tout la même : la fille ne mâche pas ses mots, Daniel a viré au rouge tomate, comme un taureau prêt à charger. Il reprend sa main pour l'amadouer, elle la retire d'un geste sec puis se lève, furieuse, et s'en va. Daniel a l'air sonné. Bien fait.

*Ouuuuf*, mission accomplie.

Satisfaite de ce premier succès, je recommence mon opération sabotage le samedi suivant, et le suivant, et ainsi de suite durant tout le mois. Il y en a une qui me donne du fil à retordre : je dois subtiliser son portable qui se trouve dans son sac afin de lui taper un message.

Je lui rends en même temps que j'apporte les desserts, en expliquant qu'il était tombé sous la table. Quand elle lit, je vois ses cheveux se dresser sur sa tête ! Ceux de Daniel aussi, il blêmit, lui demande ce qui cloche. Et là, elle fait un truc formidable en lui balançant un coup de genou là où vous savez. *Ouille !* Avec Marianne, on est restées pliées de rire pendant une heure.

Il y a eu aussi Miss Bonnets E. Je l'ai coincée dans les toilettes alors qu'elle se remaquillait (un vrai pot de peinture). Quand elle est retournée chercher ses affaires, elle a fait un scandale à Daniel. C'était grandiose. Mais, le hic, c'est qu'à partir de Miss Bonnets E Daniel a commencé à avoir des soupçons : il lançait des regards louches autour de lui. J'ai fait profil bas quelque temps pour qu'il reprenne confiance. Je pensais éviter les ennuis… mais les ennuis ont fini par me tomber dessus.

La fille de ce samedi-là ne bougeait pas de sa chaise, du coup j'ai écrit un mot que je lui ai glissé au moment de l'addition… Patatras, Daniel s'est tourné et me l'a pris des mains.

— Alors c'est toi qui sabotes tous mes plans ! a-t-il hurlé, furax.

J'avoue que j'ai paniqué. Au lieu de répondre, j'ai commencé à reculer, ce qui a gonflé l'ego de Daniel. Il m'a attrapé le poignet pour le serrer comme un fou.

— Aïe !

— Tu sais qui je suis, petite salope ?

Un silence de mort est tombé sur le restaurant.

— Lâche-moi !

— Non. C'est quoi, ce petit manège depuis des semaines ?

— Tu n'as pas le droit de traiter les femmes comme ça ! Tu devrais avoir honte, c'est malhonnête.

— T'es mal baisée ou quoi ? a grondé ce connard. Parce que, si c'est ça, je peux m'occuper de toi pour te calmer.

Sa remarque de macho archi-sûr de lui m'a fait l'effet d'un électrochoc. Cette fois-ci, plus question de me taire.

— Et puis quoi encore ! T'es un menteur, un violeur, un…

— Ma vie privée ne te regarde pas. Je te jure que ça va te coûter cher. Tu sais qui je suis ?

— Oui, j'ai très peur !

J'aurais peut-être dû rabattre mon caquet au lieu de la ramener, ce mec a les moyens de me barrer l'entrée de l'université avec tout son fric.

— Petite connasse mal baisée, je vais te…

— Du calme ! Du calme ! S'il vous plaît, monsieur, on ne brutalise pas le personnel, est enfin intervenu le gérant du Kitchen Basilic.

— Virez cette fille d'ici, a grondé Daniel.

— Monsieur Kerrington, je vous prie d'accepter toutes nos excuses, mais…

— Si vous ne la virez pas, je vous colle un procès au cul ! Votre resto ne s'en remettra pas, s'est emporté Daniel. Et toi, la fragile qui ne connaît rien à la vie, je vais te…

— Ah oui ? Dans tous les cas, je ne regrette rien ! Ces filles avaient le droit de savoir. Ce n'est pas parce que ton père est bourré de fric que tu peux te comporter de cette manière. Je t'emmerde, Daniel Kerrington !

Ensuite, je l'avoue, j'ai fait un truc de ouf, sans réfléchir… Je ne m'en serais pas crue capable : j'ai attrapé sa bouteille de champagne dans le seau pour la verser sur sa tête jusqu'à la dernière goutte.

C'est le silence de mort qui m'a fait prendre conscience de mon geste.

— Euh… Je suis virée, n'est-ce pas ? ai-je bafouillé à mon patron.

Oui, évidemment. Quelle idiote, moi qui adorais ce boulot et mes collègues sympas. J'ai dénoué mon tablier, je l'ai tendu à Marianne d'une main tremblante. Daniel serrait les mâchoires, ses yeux auraient pu me tuer s'ils avaient été des canons de fusil.

Je venais de déclencher la guerre entre lui et moi.

# 5

## RETOUR SUR TERRE

— Je rêve, t'as pété un plomb ou quoi ? me demande Cara.

— C'est parti tout seul…

Cara applique du baume sur mes doigts, les jointures sont devenues bleues à cause du coup de poing. On est rentrées à l'appart, ce qui est une très bonne chose si je veux éviter de me ridiculiser davantage. Ça fait trop mal, je jure de ne plus jamais cogner personne après Daniel. La première et la dernière fois. Si j'étais moins sous-douée, je ne me serais pas flingué la main.

Je suis pourtant une fille zen dans la vie. Même Holly Higgins n'avait pas réussi à me faire sortir de mes gonds en sixième, quand elle se moquait chaque jour de ma poitrine ultra-plate. Toutes les filles de ma classe avaient des seins sauf moi.

Bref, *d'habitude,* je suis zen.

— Il pourrait te poursuivre pour coups et blessures, ajoute Cara.

— Je sais, je sais.

Vu que Daniel aurait déjà pu porter plainte cet été, je vais essayer de positiver : il ne le fera pas non plus cette fois-ci.

— Sérieux, Alex, à quoi tu pensais ? Un jour de rentrée, en plus.

— Je… Je voulais peut-être me venger d'avoir perdu mon super job au Kitchen Basilic ?

— N'importe quoi, ça te pendait au nez, tu me l'as dit toi-même.

J'ai raconté l'histoire de Daniel à Cara dès son retour de vacances, y compris ma honte totale au moment de quitter le restaurant, la tête basse devant tout le monde.

— C'est vrai, t'as raison, je soupire.

— Tu peux répéter, s'il te plaît ? Que je t'enregistre !

— Jamais de la vie !

On s'installe devant Netflix avec un grand bol de popcorn sur les genoux. Cara est une championne des cochonneries à grignoter. C'est une soirée sympa, mais je n'arrive pas à fixer mon attention sur l'écran. Mon esprit s'échappe… Je revois la scène avec Daniel, son œil amoché, ma main en compote, son air sidéré après ce que je venais de lui infliger. Et puis je me suis barrée en courant… Décidément, pour une journée de rentrée, ce n'était pas glorieux.

La semaine passe à la vitesse de l'éclair. On va en cours, je force Cara, qui serait parfois tentée de sécher parce qu'elle trouve ses profs ennuyeux à mourir. D'un autre côté, quand on choisit marketing et commerce, il ne faut pas s'étonner. Moi j'adore ce que j'étudie : littérature et atelier d'écriture. C'est mon truc. Quand j'écris, je me sens transportée, je vis, je respire les mots. Ça se passe très bien avec Mme Howard, j'ai eu une super note au premier devoir. Elle m'a même dit après le cours que j'avais du talent et demandé si j'avais réfléchi à me lancer sérieusement dans l'écriture.

C'est vrai qu'écrire, c'est ma passion, mais de là à en faire mon métier ! Mes parents s'étrangleraient si je leur annonçais que je souhaite devenir écrivain. Ils veulent que je reprenne leur boîte « parce qu'on a fait tout ça pour toi, Alex ». *Pfff*, comme si ça me transportait de gérer une entreprise… Gros soupir.

Peut-être que je devrais essayer d'aborder le sujet le week-end prochain ? On verra.

La bonne nouvelle, c'est que j'ai réussi à éviter Daniel presque toute la semaine (balèze, la fille !). Sachant que c'est aussi mon voisin d'immeuble, ça n'a pas été facile. Une ou deux fois, en amphi, nos regards se sont croisés, c'était chaud : il me mitraillait.

Jeudi, je suis tombée sur lui en bas de chez moi. Monsieur fourrait sa langue dans la bouche d'une nana qui couinait comme un goret. Archi-dégueu. Daniel a levé un œil quand je passais, c'était épique.

Bref, lui et moi, on est loin d'être potes.

# 6

## MAUVAIS PRESSENTIMENT

— Tu dois vraiment y aller ? s'inquiète Cara.

— Oui. C'est juste un week-end.

J'attrape mon chargeur et je le fourre dans mon sac à main. Ça fait deux semaines que je ne suis pas rentrée chez mes parents, ils me manquent un peu. Nos conversations téléphoniques, toujours expéditives du côté de ma mère, m'énervent aussi. Lorsque j'essaye de joindre mon père, il ne décroche jamais. La seule fois où ma mère a fini par me le passer, il m'a à peine dit trois mots et s'est dépêché de changer de sujet quand je lui ai demandé s'il allait bien. C'était bizarre. J'ai l'impression que mes parents me cachent quelque chose. J'espère que ce sera plus facile de discuter face à face.

— Tu veux que je t'accompagne ? me propose Cara.

— Non, ça va aller. Merci. Faut aussi que je bosse sur un devoir. Je rentrerai dimanche soir.

Le trajet jusque chez mes parents est rapide. Bien sûr, j'ai toujours les clés de la maison, j'entre sans sonner.

— Papa ! Maman ! C'est moi ! Y a quelqu'un ?

Personne. Autant monter dans ma chambre pour commencer mon boulot. J'envoie un texto à chacun de mes parents pour leur annoncer que je les attends. Mon portable vibre aussitôt. Tiens ? C'est Nate !

*Cara m'a dit que tu étais rentrée ce week-end ?*

*Yep !* je réponds.

*Tu aurais dû me prévenir.*

Qu'est-ce qui lui prend ? En voilà une drôle de remarque.

*Je peux t'appeler ?* me demande-t-il encore.

Ça alors. Mon cœur s'emballe. Du calme, Alex. Je réponds OK. Son numéro s'affiche aussitôt.

— Salut, Alex ! La forme ? Tu fais quoi ?

— Techniquement, j'étais sur la préparation d'un devoir ! Et toi ?

— Chez moi. Simon est là, Daniel est aussi rentré chez ses parents. Tant mieux. J'en ai marre du défilé permanent de nanas.

— Je vois...

— Comment va ta cheville ?

— Bien. Je ne marche plus comme un pingouin, si c'est ça que tu veux savoir !

— Ah oui ! J'aime bien les pingouins, je ne t'en ai jamais parlé ?

On papote pendant une bonne demi-heure. Ma mère envoie un texto pour m'annoncer qu'ils rentreront tard. Du coup, j'ai tout mon temps avec Nate.

Il est vraiment adorable. Je n'ose pas me confier sur Daniel ni sur les problèmes de boulot de mes parents. Ce qui est sûr, c'est que je me sens hyper à l'aise avec lui. Il me fait rire, tout a l'air simple et facile. Je cale le téléphone sur l'oreiller pour écouter sa voix (aussi sexy que sa personne).

— Allô, Alex, je t'ai perdue ? Tu dors ?

— Pardon ! Si, si, je t'écoutais ! Tu disais quoi, déjà ?

— J'ai un truc à te demander, mais je peux te rappeler demain si tu préfères.

— Non, vas-y !

Heureusement qu'il ne me voit pas, mes joues virent au rouge tomate.

— Tu es libre vendredi soir ?

*Mon Dieu, ça y est, Nate me propose de sortir avec lui.*

— Oh… Euh, et toi ?

— Alex, t'es rigolote ! C'est moi qui pose la question ! J'aimerais qu'on sorte ensemble vendredi soir. S'il te plaît…

Je vous laisse deviner la réponse que je lui donne.

# 7

## BIP, BIP, BIP

Le lendemain matin au réveil, je découvre quarante et un textos non lus, vingt-trois appels et dix-sept messages dans ma boîte vocale.

Je suppose que c'est Cara, dont la curiosité légendaire n'est pas synonyme de patience. Elle cherchait sûrement à savoir si Nate m'avait téléphoné. Mais finalement je suis mauvaise langue, c'est mes parents qui se sont déchaînés. Qu'est-ce qui leur prend ?

Je saute du lit et pars inspecter la maison. Personne. On dirait même qu'ils ne sont pas rentrés hier soir. Du coup, j'écoute leurs messages.

« On doit te parler, Alexandria, c'est urgent. »

*Bip.*

« Rejoins-nous au bureau, ma puce. Dépêche-toi, c'est urgent. »

*Bip.*

« Alex, tu peux décrocher, s'il te plaît ? C'est papa. »

*Bip.*

Comme ça dans les dix-sept messages vocaux. Même chose pour les textos. Oh là, gros problème. Ils ont décidé de m'annoncer leur retraite anticipée ? Un voyage au bout du monde ? Au secours, je ne suis pas prête à prendre le relais de la boîte familiale. On se calme, les parents, je n'ai que dix-huit ans, lâchez-moi les baskets !

Bref, je m'habille en vitesse pour filer chez Wood & Co. Je crois bien que je grille un feu rouge en chemin.

Quand je déboule dans le hall d'entrée, j'entends la réceptionniste qui s'énerve au téléphone.

—… Je ne sais pas ! Oui, c'est ce qui vient d'être annoncé, oui… Non, je vous dis…

— Euh, bonjour, je…

— M. et Mme Wood s'en chargent, oui.

— S'il vous plaît, je…

Je rêve, elle m'ignore totalement alors que mes parents sont peut-être au bord de la crise cardiaque. J'attrape le combiné dans sa main et je raccroche. *Oups.* Ça y est, j'existe.

— Vous vous prenez pour qui, mademoiselle ?

— M. et Mme Wood, s'il vous plaît. Je suis leur fille.

— Alexandria Wood ?

— Oui.

— OK, je vous annonce.

Elle compose un numéro, discute à voix basse, puis me tend un badge.

— Ascenseur de droite. 58e étage.

Le suspense me bouffe, j'en tremble. Qu'est-ce qui m'attend là-haut ? *Ding*, les portes s'ouvrent. Le palier est vide, toujours pas de parents. Je m'engage dans le couloir de droite. J'aperçois enfin ma mère dans un bureau vitré. Elle a l'air exténuée, avec des valises sous les yeux et les cheveux décoiffés.

— Maman ?

— Alex, te voici, dit-elle en me serrant dans ses bras.

Hum, ce genre de démonstration est tellement rare de sa part que je flaire le lézard.

— Wood & Co. est en faillite. On a déposé le bilan.

— Pas possible ! Mais quand ?

C'est complètement dingue, l'entreprise de mes parents semblait florissante. Ils décrochaient trop de contrats, embauchaient à tour de bras pour honorer les commandes.

Ma mère m'entraîne alors par la main dans le couloir. J'aimerais bien qu'elle m'explique les détails, mais je la sens archi-stressée.

— Maman, tu ne peux pas me…

— On n'a pas le temps, Alex. Tu es attendue, dit-elle en s'arrêtant devant une lourde porte en bois. Un seul conseil : écoute jusqu'au bout, d'accord ? Ne réagis pas à chaud.

— Mais… Écouter qui ? Papa ? Maman, parle-moi, bon Dieu !

— On n'a pas le choix, ma chérie, soupire-t-elle. On est coincés… Quelqu'un nous a proposé son aide. Une opportunité qui ne se présentera pas deux fois.

— Je ne vois pas en quoi ça me concerne.

— Au contraire, tu es la première concernée, Alex, murmure-t-elle en me poussant dans le bureau et en refermant la porte derrière moi.

Coincée ? Non, mon père est là, l'air épuisé. Je le trouve même amaigri, alors qu'on ne s'est pas vus depuis à peine deux semaines.

— Coucou, papa.

— Aaaah, voici ta fille, John ! Je désespérais de la rencontrer un jour, lance une voix grave.

Un homme de l'âge de mon père est assis près de la fenêtre. Je ne l'avais pas remarqué, celui-là. Il est très élégant dans ce costume sombre. Son regard me transperce, m'étudie même. En face de lui se trouve… Daniel Kerrington !!! C'est quoi, ce plan foireux ?

— Euh… Oui, c'est moi. Vous êtes ? Et je peux savoir ce qu'*il* fait ici ?

Je m'étrangle. Daniel ne semble pas plus à l'aise que moi, il ne s'attendait pas non plus à me voir ici.

— Voici donc la fameuse Alexandria dont tu me parlais, fiston !

Je déteste son ton suffisant.

— Assieds-toi, m'ordonne-t-il. Apparemment, tu ignores qui je suis. Harry Kerrington, président fondateur de Kerrington Enterprises et père de Daniel Kerrington, que tu connais déjà.

*Oups*, le paternel. Ces deux-là ne se ressemblent pas du tout, le père est brun aux yeux noirs, le fils est blond aux yeux bleus. C'est possible ça ?

— Tu m'écoutes, jeune fille ?

— Oui. Pardon.

— Wood & Co. est en faillite. Ton père et moi avons trouvé un arrangement. Ma compagnie peut remettre celle de tes parents en selle, et…

— Super, monsieur Kerrington !

— N'est-ce pas ? Laisse-moi finir, jeune fille. Je ne suis pas philanthrope, les affaires sont les affaires. Il se trouve que ton père m'a proposé un montage intéressant, si je puis dire.

Mon père détourne les yeux quand je cherche son regard. Qu'est-ce qu'il me cache ?

— Papa, de quoi tu parles exactement ? intervient Daniel, qui pianote nerveusement sur son accoudoir.

— J'y viens. Je suis disposé à faire un prêt financier pour sauver Wood & Co. à la condition qu'Alexandria se fiance à toi, Daniel.

*Allô ?*

# 8

## TRAÎTRISE

Au début, je suis trop sonnée pour émettre le moindre son. Mon cœur s'emballe tellement qu'il va me lâcher. J'ai les jambes sciées, je m'assois. Au bout de quelques secondes, l'adrénaline circulant à nouveau dans mes veines, je réagis enfin :

— Pardon ???

Fiancée à Daniel Kerrington, c'est quoi ce bordel ? Pour une fois, lui et moi sommes sur la même longueur d'onde, parce qu'il explose tout autant.

— Papa, tu délires ? J'en ai rien à foutre, de tes affaires.

Et il se lève pour partir.

— Daniel, tu restes ici et tu te rassois.

— T'as pété une durite ? continue Daniel, très énervé.

Gagnée par l'ambiance électrique, j'interpelle mon père sur le même ton :

— C'est toi qui as inventé une connerie pareille ? Que moi, je me fiance à lui ?

— Jamais de la vie ! N'importe qui sauf cette gamine, hurle Daniel en me toisant de la tête aux pieds.

— Et en plus, il me traite de gamine !

— T'as oublié ce que tu m'as fait à la fac, ma pauvre fille ?

— Tu l'avais cherché, connard.

— Oh, c'est donc toi qui as flanqué un œil au beurre noir à Daniel ? persifle M. Kerrington.

Tiens, ça ne plaît pas au géniteur. Je m'en fous. Moi aussi, je suis furieuse.

— Oui, c'est moi. Votre fils le méritait.

— Ça suffit, la cour de récréation, intervient mon père.

— Tu te réveilles, papa ? Tu veux que je m'affiche au bras d'un gigolo ?

— Pauvre niaise, c'est la rançon du succès, rien de plus, se vante Daniel.

Comment ce type peut-il être aussi arrogant ?

— Ta gueule, Daniel !

— Alexandria, ne sois pas grossière, dit papa. Calme-toi.

— Jamais ! Je n'en reviens pas, que tu aies proposé une connerie pareille. Mon propre père ! Je ne te reconnais plus, tu refuses de me parler au téléphone depuis des jours et, quand je te retrouve, j'apprends par un étranger que tu as inventé un truc de ouf sans même me consulter.

— Je suis désolé, Alexandria.

Ma colère retombe comme un soufflé, je ne sens plus que la blessure infligée par mon père. Il m'utilise, il me vend pour sauver sa boîte. Je préfère me tirer de cet endroit au galop.

— Taratata, jeune fille, tu restes ici, s'interpose M. Kerrington. Daniel, Alexandria, vous écoutez maintenant. John et moi savions que vous bondiriez comme des chats sauvages.

— Un mariage arrangé au XXI^e^ siècle, ça ne court pas les rues, hein ! ironise Daniel.

*Mariage ?* Bon Dieu, moi, Alex, forcée de me marier à dix-huit ans par mon propre père.

— Tais-toi, Daniel. Oui, des fiançailles, cela peut vous paraître un peu… étrange, surtout que vous êtes encore jeunes l'un comme l'autre, mais John m'a convaincu que c'était une bonne idée.

Je fusille mon père du regard, il blêmit sous l'attaque de mes boulets rouges.

— Nul n'ignore que Daniel a une réputation détestable, poursuit M. Kerrington.

*Tu m'étonnes !*

— Mais mon fils est aussi l'héritier de Kerrington Enterprises. À ce titre, il a besoin de redorer son blason. Fini les scandales. Grâce à cet engagement officiel, le personnel, nos relations, nos amis commenceront à le voir d'un autre œil.

— Non, non, non, papa ! T'as pas le droit de te mêler de ma vie privée.

— Arrête tes enfantillages, Daniel. C'est la condition pour que tu hérites, tranche vertement son père.

— Mais moi ? Qu'est-ce que je viens faire dans vos histoires de famille, hein ? Vous ne pouvez pas vous trouver une nana sur Craigslist ou sur Meetic ? je m'énerve à nouveau.

— Les autres candidates se sont montrées quelque peu… récalcitrantes, soupire M. Kerrington.

— Moi aussi, je suis récalcitrante.

Mais la situation commence à s'éclaircir dans ma tête et, en y réfléchissant, je pige un truc : je suis la candidate idéale. M. Kerrington a besoin de contrôler la fiancée. S'il paye une fille, elle filera tôt ou tard avec le fric, et ce sera le retour à la case départ. Alors qu'avec moi, il finance le redressement de Wood & Co. en échange de… de moi. La boucle est bouclée entre mon père et lui.

*Ooooooooh.*

— On dirait que tu commences à comprendre, Alexandria ! se réjouit M. Kerrington. Tu as la chance de pouvoir aider tes parents.

Mon père m'adresse un petit sourire inquiet.

— Alors, qu'est-ce que tu en penses ? m'interroge M. Kerrington.

— Il y a des conditions subsidiaires ?

— Un engagement de trois ans, pour que cela paraisse crédible, que mon fils perde ses mauvaises habitudes et qu'il s'initie à ses futures responsabilités.

*Trois ans.* Mais il n'a pas parlé de mariage. Si je donne mon accord, je perds trois ans de ma vie. Et au nom de quoi ? De l'amour filial. Pour que la boîte paternelle ne batte plus de l'aile. Est-ce que le jeu en vaut la chandelle ? Connaissant mes parents, s'ils se sont rapprochés de leur concurrent, c'est qu'ils n'avaient pas d'autre choix. La situation était-elle si désespérée ? Je leur en veux de ne pas m'en avoir parlé avant, c'est un sacré coup d'épée dans le dos. Mais, si je refuse, c'est quinze ans de leur vie qui s'écroulent.

Bordel, je dois faire quoi ?

M. Kerrington pousse une liasse de papiers vers moi. Le contrat. Tout ce qu'il vient de m'expliquer est écrit dedans, annonce-t-il. Je feuillette les pages, les lignes se brouillent. Dois-je signer ?

Oui.

Non.

Oui.

Non.

Oui.

Non.

… Oui.

— Je signe où ? dis-je, les larmes aux yeux.

# 9

## QUEL CHOIX ?

Nous sommes assis autour de la table, papa, maman et moi, pour le dîner. Le silence est assourdissant.

Je trie mes légumes avec la pointe de ma fourchette. Le cœur n'y est pas, l'appétit encore moins. Papa n'avale rien non plus, il tournicote ses spaghettis dans sa cuillère. Maman est la seule qui mange, mais son esprit est ailleurs.

Trop, c'est trop. Je ne peux pas rester assise ici comme si rien ne s'était passé pour Wood & Co. ou pour Daniel.

— Je vais me coucher.

— Non, Alexandria, reste ici ! S'il te plaît, on doit parler, implore mon père.

— Pourquoi ? Tu as encore une surprise ? Non, merci.

— Arrête de te comporter comme ça, Alex, intervient ma mère.

— Mon attitude ne vous plaît pas ? J'ai pourtant signé votre saleté de papier et je vais sacrifier trois ans de ma vie. Je n'ai pas entendu un seul remerciement alors que je vous sors des emmerdes, non ?

Mes parents sont scotchés, c'est la première fois que je leur tiens tête.

— Calme-toi, réagit papa.

— Non !

— Ça suffit, Alex, tu vas écouter maintenant, tranche maman. On a compris que tu nous en voulais, mais tu peux faire un effort. On t'en demande si souvent ?

— Nous aussi, on est sonnés, c'est arrivé tellement vite, reprend papa d'une voix triste.

— Pourquoi vous n'avez rien dit ? Pourquoi vous m'avez caché que Wood & Co. allait si mal ? Ce n'est pas sorti du chapeau, merde !

Maman pousse un gros soupir et me caresse timidement la main.

— C'est moi qui ai refusé que ta mère t'en parle, dit papa.

— On ne voulait pas que tu t'inquiètes. Il s'agissait de nos problèmes.

— Raté. Je me les prends en pleine poire, vos problèmes.

— Quand la situation s'est dégradée, on pensait s'en tirer en réagissant, mais ça s'est accéléré. Le carnet de commandes maigrissait à vue d'œil, soupire papa avec tristesse.

— Je croyais que c'était l'inverse, que vous embauchiez tellement la demande était forte.

— Le milieu des affaires est infesté de requins, répond maman. Wood & Co. était dans le collimateur de certains. On n'a pas eu les reins assez solides.

— Alors on s'est tournés vers Harry, cela faisait longtemps que Wood & Co. l'intéressait, poursuit papa. Il pouvait nous aider à relancer l'activité... mais il a posé ses conditions. Tu en faisais partie. Je suis désolé.

Le silence retombe comme une enclume. D'accord, mes parents étaient au fond du trou, mais est-ce une raison pour m'entraîner dans leur chute ? Je ne suis même pas certaine que cela suffira.

— Parle-nous, Alex, dit maman.

— OK, vous êtes désolés, mais c'est vraiment ce que vous voulez pour moi, des fiançailles avec un macho puant ?

Pas de réponse, mais leurs visages en disent long. Je rêve. Mes parents se soucient davantage de l'avenir de leur bébé professionnel que de celui de leur propre fille. Je fais un gros effort pour retenir mes larmes. Pas la peine de leur donner ce plaisir.

— D'accord. Je rentre dans votre petit jeu, mais, demain matin, je quitte cette maison et je n'y remets plus jamais les pieds.

— Enfin, Alex ! s'exclame maman.

— Tu dramatises ! dit papa.

— Non, je constate. Votre boulot avant tout le reste, moi y compris. Bonne nuit.

Et je monte m'enfermer dans ma chambre.

Le lendemain matin, je me lève super tôt pour partir en douce. Hier soir, papa et maman ont essayé de me raisonner à travers la porte, mais je n'ai pas cédé.

J'attrape mon sac puis descends l'escalier en vitesse. Après un dernier regard à la maison, je démarre. Le lever du soleil est magnifique, j'ai au moins gagné ça en me réveillant aux aurores.

Pour ne pas déranger Cara, je ne vais pas plus loin que le canapé du salon. Les événements de la veille tournent en boucle dans ma tête, c'est épuisant.

— Alex, c'est toi ? Pourquoi tu es rentrée plus…

Cara sursaute devant mon air de chien battu.

— Qu'est-ce qui se passe ?

Les larmes que je retiens depuis vingt-quatre heures jaillissent comme un geyser.

# 10

## DE PIRE EN PIRE

La vie reprend son cours normal. J'ai le cœur plus léger, mais j'ignore si c'est bon signe. Mes parents m'inondent d'appels et de messages, mais je ne décroche pas. Je finis même par couper mon portable, il vibrait en permanence.

Je sais que ce n'est pas la meilleure stratégie, tôt ou tard maman va débarquer. S'il y a un truc que j'ai pigé avec mes parents, c'est celui-ci : ils sont très crampons.

— Tu es sûre que tu veux aller en cours ? me demande Cara pour la vingtième fois depuis le début de la journée.

— Oui, Cara !

— Je m'inquiète pour toi.

Ça aussi, j'ai compris. Depuis que je suis revenue dimanche matin, Cara ne me lâche pas d'une semelle. Et elle me demande toutes les trente secondes comment je me sens.

— Je vais bien ! Et mon cours commence dans cinq minutes, donc je te laisse, Cara mia !

— Si jamais Daniel t'embête, tu m'appelles.

— Je sais, tu viendras lui régler son compte avec ton fouet !

— Tu as une meilleure idée ? Hors de question que tu lui casses la figure ou que tu te promènes avec une bouteille de champagne dans ton sac à main, donc...

— T'es la meilleure, Cara ! J'y vais.

Je l'adore.

Je m'installe à ma place habituelle. Même si la prof m'aime bien, je n'ai pas envie d'attirer l'attention. L'amphi se remplit doucement, les étudiants ne sont pas pressés.

— Tu as une sale gueule ce matin, j'entends alors derrière moi.

Daniel Kerrington s'assoit, à l'aise, et commence à balancer ses affaires sur la table.

— Merci, je suis au courant, connard, je grommelle.

— Pas de quoi, chérie ! Tu devrais faire un effort de maquillage, vu qu'on est fiancés maintenant.

Sa petite phrase me fait l'effet d'une décharge électrique. Comment ose-t-il beugler ça devant tout le monde ?

— Ta gueule, Daniel.

— J'insiste, chérie. Si tu veux passer pour ma fiancée, tu vas m'arranger tout ça. Je ne suis jamais sorti avec un thon. Mets du fond de teint et de l'anticerne, ça aidera.

Bordel, si c'est le genre de conversations des trois prochaines années, autant que je me tire une balle tout de suite.

— Arrête de me parler, on n'a pas élevé les cochons ensemble, connard.

— Je t'explique, chérie : tu crois vraiment que j'ai envie de te parler ? Je le fais par obligation.

— Arrête de m'appeler chérie.

— Tu préfères que je dise sale garce ?

*Non, Alex, tu restes calme, tu n'as pas de champagne dans ton sac à main.*

— Donc, je t'appelle chérie ! conclut Daniel, fier de lui.

— Ne m'appelle pas, ne me parle pas, connard.

Daniel se penche brusquement, ses lèvres sont à quelques centimètres de moi.

*Bon Dieu. Respire, Alex.*

Je détourne la tête en rougissant.

— Écoute, chérie, le micmac du contrat ne me plaît pas non plus. Tu n'es pas mon genre.

— Alors, déchire-le.

— Tu crois que c'est si facile ? Depuis une semaine, je propose des tas de solutions à mon père pour qu'on arrête ce truc débile entre toi et moi. Rien à faire. Et, vu la banqueroute de tes parents, c'est coincé de ton côté. Donc on est fiancés… On peut se détester pendant trois ans si tu veux, mais ça n'aidera pas. Tu pourrais me remercier de faire un effort, chérie.

— Me dire que j'ai une sale gueule, t'appelles ça faire un effort ?

— OK ! Disons que j'essaye d'être plus agréable que d'habitude. Alors, toi aussi, mets-y du tien.

— Je vais y réfléchir, connard.

Le cours est terminé, je n'ai rien écouté. Je me dépêche de sortir de l'amphi pour m'éloigner de Daniel le plus vite possible.

— Va falloir t'habituer, chérie, parce qu'on emménage ensemble ! crie-t-il.

Le reste de la matinée est tranquille, je n'ai pas d'autres cours avec Daniel. Mais, quand je rentre à l'appartement, le ciel me tombe sur la tête : un camion de déménagement est stationné en bas de l'immeuble. Je reconnais ma lampe dans les mains d'un inconnu.

Je cours la lui arracher et remonte les escaliers quatre à quatre. La porte est grande ouverte. Des cartons sont empilés, attendant d'être descendus.

— Hé ! Qu'est-ce que vous faites ? Qui vous a autorisés ? je m'exclame, prise de panique.

Personne ne me répond, les gars continuent tranquillement de transporter mes affaires. J'attrape un costaud par le bras pour le stopper.

— Stop ! Arrêtez ça, vous n'avez pas le droit.

— Si, c'est réglé. Désolé.

— Qui vous a demandé de bouger mes affaires ?

— Mon boss.

Cara déboule sur le palier, les yeux exorbités devant le spectacle.

— Alex ? Ils font quoi ? C'est complètement ouf !

La phrase de Daniel me revient en mémoire. Je rallume mon téléphone pour appeler ce connard.

— Allô ?

— C'est toi le boss qui a ordonné mon déménagement ? T'es givré ou quoi ?

— De quoi tu parles, chérie ?

— Mes affaires, connard ! Ils sont en train de déménager mes affaires.

— Si tu m'avais écouté ce matin au lieu de te barrer comme une gazelle affolée, tu serais moins surprise. Je t'ai dit qu'on emménageait ensemble.

— Tu rêves ! Hors de question que je vive avec toi.

— T'as pas le choix, chérie ! On dirait que tu n'as pas lu les petites lignes du contrat. C'est écrit page 5.

*Mon Dieu.*

— Range tes petites culottes, chérie ! Ce soir, tu dors avec ton nouveau coloc !

— Comment peux-tu rester aussi zen, Daniel ? Ça me dépasse.

— J'essaye de positiver. Pas comme toi, Miss Drama.

Positiver, mais comment ? Ma vie est totalement bouleversée depuis une semaine. Cara me fixe d'un regard à la fois inquiet et interrogateur. Je suis livide.

— Allô, Alex ? Je viens te chercher, dit Daniel.

— Noooooon !

— Si. De toute façon, je dois aussi récupérer mes affaires pour le penthouse.

Un penthouse ? Décidément, papa Kerrington ouvre grand le porte-monnaie.

— Jamais de la vie, je n'habiterai pas avec toi.

— Arrête d'être bornée, chérie. J'arrive.

Et il me raccroche au nez.

— Alex ! Tu emménages avec Daniel, c'est ça ? demande aussitôt Cara. Ça fait partie du deal ?

— Oui. Je n'avais pas lu le contrat.

— T'es dans une sacrée merde, dis donc, siffle mon amie.

Complètement sonnée, je me laisse glisser par terre. Je ne parviens pas à réaliser ce qui m'arrive. *Respire, Alex. Respire.*

J'entends des pas qui se rapprochent, des baskets apparaissent dans mon champ de vision.

— Alex ? Alex, qu'est-ce qui se passe ? demande Nate.

Oh non. Il m'était sorti de la tête, celui-là. Il n'est au courant de rien, et on a rendez-vous vendredi soir. Comment lui expliquer un foutoir pareil ?

— Tu déménages ?

— Nate… Salut. Oui.

— Mais tu viens d'emménager ici, pourquoi tu t'en vas ?

— Je… Je m'installe avec quelqu'un.

— Euh ! Je vous laisse ! lance Cara en rentrant chez nous.

Merde, Cara est fâchée, forcément, elle va se retrouver seule pour payer le loyer. Oh là là, ma vie est un radeau qui prend l'eau.

— Pardon. Pardon.

— Vous vous êtes disputées, Cara et toi ? demande encore Nate.

Pas maintenant. Je ne peux pas lui balancer toute l'histoire comme ça, c'est au-dessus de mes forces.

— Nate, je suis désolée. C'est l'enfer depuis dimanche, je t'expliquerai, je…

Une tête blonde surgit dans l'escalier. Non, pas lui. Je rectifie : c'est pire que l'enfer depuis ce matin.

— Salut, chérie !

À ces mots, Nate est littéralement statufié.

— T'as une tonne d'affaires, heureusement que l'appart est grand, ajoute Daniel.

Nate pige aussitôt.

— Tu t'installes avec lui ? Avec Daniel ? murmure-t-il, choqué jusqu'à la moelle.

—…

— Oui ! répond Daniel en me tendant une main pour me relever.

— Alex, je ne comprends pas, balbutie Nate. Tu ne le connais même pas.

— Tout faux, mon pauvre Nate ! C'est ma fiancée !

Daniel explose de rire, trop content de la scène qui vient de se jouer.

# 11

## L'ENFER AU QUOTIDIEN

Nate me regarde un bon moment et moi je suis tétanisée, incapable de remuer le petit doigt.

— C'est une blague ? dit-il enfin.

— Pas du tout ! Je te confirme qu'Alex, ici présente, est ma fiancée.

— Arrête, c'est ridicule.

Je n'arrive toujours pas à articuler le moindre mot. D'ailleurs, qu'est-ce que je peux lui expliquer ? Que je suis amoureuse de Daniel alors que j'adorais nos longues conversations téléphoniques, comme celle de l'autre soir ? Je n'ai pas le droit de discuter du contrat, c'est écrit (mais je n'ai pas respecté la clause avec Cara).

— Alex, c'est vrai ? insiste Nate.

— Oui, je murmure d'une voix à peine audible.

— Pas possible ! s'emporte Nate. Je ne savais même pas que vous vous connaissiez, tous les deux… Alex, je t'ai parlé plein de fois de Daniel, tu n'as jamais réagi. Putain, mais, si c'était ton fiancé, tu aurais pu le dire.

J'aurais eu l'air moins con, maintenant… Et je ne t'ai jamais caché que je t'aimais bien. On devait même sortir ensemble vendredi.

— Nate, je…

— Tu te fichais de ma gueule, en fait ?

— Attends, Nate, je t'explique, intervient Daniel.

— Fous-moi la paix, Daniel. Tu mens comme tu respires. Alex, sincèrement, pourquoi tu t'es mise avec un type comme lui ? Je le connais, c'est un menteur, un manipulateur, un salaud avec toutes les nanas qu'il approche. T'es naïve ou quoi ?

— Dis donc, Nate, tu vas fermer ta grande gueule ? s'énerve Daniel.

— Non ! C'est n'importe quoi, cette histoire de fiançailles ! Alex, tu ne me feras pas croire une connerie pareille. Je ne te connais pas depuis longtemps, mais suffisamment pour te dire que ce truc ne colle pas. Alors, soit vous mentez tous les deux, soit il y a quelque chose que vous me cachez.

— Ce ne sont pas tes oignons, mec. Dégage.

— Désolée, Nate, je ne peux pas t'expliquer.

— Je croyais que t'étais différente, Alex.

— Je le suis !

— Non, tu es comme les autres. Vous finissez toutes par tomber dans son lit. Ça me dégoûte… Et toi, c'est pire, tu choisis de passer ta vie avec lui.

Nate tourne les talons et s'en va.

— Pathétique, commente Daniel en le regardant partir.

Je préfère ne pas répondre, j'ai une énorme boule coincée au fond de la gorge. Nate ne voudra jamais me revoir, je l'ai profondément blessé.

— Une vraie scène de rupture, ajoute Daniel.

— Non, on n'était pas ensemble, je murmure. Et je n'ai sûrement pas envie de parler de ça avec mon faux fiancé, OK ?

— Comme tu veux, chérie ! Viens, je t'emmène à notre penthouse, mon carrosse t'attend en bas.

On descend jusqu'à son véhicule. Il ne fait aucun geste déplacé pour me toucher ou m'approcher. Son carrosse est une Lamborghini.

— Je ne monte pas là-dedans. Je te suis avec ma voiture.

— Quoi ? T'es tarée, chérie !

— Va te faire foutre et arrête de m'appeler chérie.

— On t'a déjà dit que tu étais exaspérante ?

— Je t'emmerde, Kerrington. Donne-moi l'adresse.

— Non, tu montes avec moi. Une voiture au lieu de deux, c'est meilleur pour l'environnement.

— N'importe quoi ! Tu sais ce que ça consomme, une Lamborghini, espèce de fils à papa ?

— On gagnera du temps si tu montes avec moi. Je te déposerai ici demain matin pour que tu récupères ta caisse.

J'accepte sa proposition. Moins de trente minutes plus tard, il se gare au pied d'une magnifique résidence. Je ne lui dis pas, mais je suis bien contente que ce soit proche du Boston College.

L'appartement est sublime, ensoleillé avec ses grandes baies vitrées, très joliment décoré avec ses tapis, rideaux et canapés assortis. Lire un bon bouquin dans cette atmosphère de quiétude doit être super chouette…

— T'as l'air d'aimer ! s'amuse Daniel.

— Ça ira.

— Dis-le, que ça te plaît !

— Je suis bien obligée puisque je dois vivre ici.

— C'est vrai que c'est pas mal, sachant que mon père n'a eu que deux jours pour l'acheter et l'équiper. Les déménageurs ne vont pas tarder, d'ailleurs.

L'interphone retentit comme pour lui répondre. Les cartons arrivent. Mon premier jour de cohabitation avec Daniel Kerrington commence officiellement.

# 12

## RÈGLES ENTRE COLOCS

Je serais capable de vivre dans cette nouvelle chambre jusqu'à la fin de mes jours… Euh, si Daniel m'entendait, ce serait ma fête !

J'admire les murs lavande. Ma couleur préférée. Je n'en reviens pas que M. Kerrington ait tapé dans le mille en choisissant celle-ci. De nombreuses étagères ont été posées pour mes livres, qu'un déménageur a pris la peine de ranger soigneusement. Devant la fenêtre, une jolie coiffeuse sur laquelle j'ai disposé tubes de rouge à lèvres, chouchous et accessoires. Un énorme lustre en cristal est suspendu au plafond, la classe. J'ai dormi comme un bébé dans les draps de satin et les multiples oreillers moelleux du gigantesque lit.

C'est ma nouvelle chambre. Je m'y sens encore mieux que dans la précédente… Zut, Cara. Comment ai-je pu oublier qu'elle m'en veut à mort de l'avoir laissée tomber. Cara a rejeté mes appels hier soir. Je dois réessayer jusqu'à ce qu'elle réponde.

— Quoi encore ? répond Cara au bout de deux sonneries.

Ah, il y a du progrès.

— Euh… Je ne m'attendais pas à ce que tu décroches, Cara !

— Tu préfères parler à mon répondeur ?

— Non ! Je pensais que tu serais encore fâchée après moi.

— Pas faux.

— Pardon. Je suis désolée, je ne savais pas que j'aurais à déménager. Tu peux me traiter de nulle : je n'avais pas lu le contrat.

Cara reste silencieuse, je l'entends respirer au bout du fil.

— J'ai du mal à te suivre, Alex… Personne ne t'a forcée à signer ce putain de contrat.

— Je l'ai fait pour mes parents.

— Pour tes parents qui n'en ont rien à foutre de toi sauf quand tu peux servir leurs intérêts, s'exclame-t-elle.

— Cara, je pensais que tu me comprendrais, je murmure.

— OK, pardon, mais tu sais aussi que c'était notre rêve depuis la primaire, de vivre en coloc. J'étais super contente. Ça m'a blessée que tu repartes aussi vite. Que le rêve se brise en mille morceaux.

— Je sais, mais comment j'aurais pu deviner que la boîte de mes parents ferait faillite et qu'ils inventeraient un truc pareil ? Tu restes ma meilleure amie, Cara. J'ai besoin que tu me soutiennes comme tu l'as toujours fait.

— Bien sûr, Calimero. Tu me feras visiter ta nouvelle crèche ?

— Mon triplex, madame !

— Le prince charmant t'offre son château ?

— Le faux fiancé Kerrington me prête son faux triplex.

Notre complicité est revenue, on papote comme avant. Je lui raconte ce qui s'est passé entre Daniel et Nate. Cara promet de tenir sa langue pour que Nate ne découvre rien, vu que je n'ai pas le droit de parler du contrat.

— Tu comptes faire comment avec lui ? me demande-t-elle.

— Ça m'étonnerait qu'il y ait une suite avec Nate, je soupire.

— Dommage. Ça avait l'air de rouler entre vous deux.

— Trop dommage, mais je suis fiancée.

— Une fausse fiancée, Alex.

— Tant que je suis avec Daniel, je n'ai pas le droit de m'intéresser à d'autres garçons.

— Pendant trois ans, l'horreur totale… Tu crois que ça pourrait devenir sérieux avec lui ?

— T'es folle ! C'est un psychopathe.

— Un psychopathe sexy ! Ne me dis pas que tu ne l'as pas remarqué. Je déteste sa mentalité, mais, pour le reste, il est plutôt bien foutu !

— Stop, Cara. Ne répète jamais ça devant lui, il a un ego surdimensionné. N'oublie pas qu'il s'est déjà tapé 90 % des filles du Boston College. Alors, lui et moi : jamais !

— Tu réussiras peut-être à le changer, qui sait.

Je sors de la chambre en continuant de papoter avec Cara, j'ai envie d'un café. Dans la cuisine, le choc : une nana… à poil, tranquillement assise au comptoir. Elle se sert un verre de jus d'orange. Une goutte tombe entre ses seins proéminents.

— Cara, je te rappelle. Je dois tordre le cou de tu-sais-qui.

— Ah oui ? Tu me raconteras !

— Je peux savoir ce que tu fais là ? je demande à la fille.

— *Oups*. Tu es sa copine ?

— Sa fiancée, bordel !

— Aïe ! Je te jure qu'on ne l'a pas fait plein de fois… enfin, un peu, mais j'ai fermé les yeux… presque tout le temps, me dit-elle en attrapant un torchon pour se couvrir.

— Dégage.

— Tout de suite !

Je la vois filer vers la chambre de Daniel pour en ressortir avec ses fringues moins d'une minute plus tard chrono. OK, maintenant je dois m'occuper du prince charmant.

Je donne un coup de pied dans la porte de Daniel avant d'entrer. Il est encore au lit, étalé de tout son long. À poil. Décidément, c'est une manie ce matin. Hum, la vue de ses tablettes de chocolat n'est pas déplaisante, j'avoue. Je m'empêche de regarder plus bas. Quand je reviens sur terre, je réalise que Daniel m'a parlé.

— Quoi ?

— Je te demandais si tu aimais le spectacle, répète-t-il sur un ton narquois, pas gêné du tout.

— Non !

— Alors qu'est-ce que tu fous dans ma piaule si c'est pas pour mater ?

— Je suis venue… t'engueuler parce que tu as ramené quelqu'un à la maison.

Le visage de Daniel n'affiche pas l'ombre d'un remords.

— La nana à poil dans la cuisine, tu as oublié, connard ? T'as pourtant couché avec elle, je suppose.

— Oui, et alors ? Je ramène toujours des nanas pour coucher avec. Où est le problème ?

— Où est le problème ? je répète, super énervée. Le problème, c'est que tes conquêtes sont à poil dans la cuisine, connard !

— Je ne pouvais pas deviner qu'elle se promènerait à poil, répond Daniel le plus tranquillement du monde.

— Triple connard, tu te souviens que tu ne dois pas ramener des nanas sous le toit officiellement conjugal ? T'as lu le contrat ?

— Du calme, tu me fais mal au crâne. OK, je suis désolé. C'était juste un plan cul pour la soirée, j'aurais dû te prévenir. Mais je pensais qu'avec le boucan qu'on a fait tu t'en serais rendu compte !

— Stop. Ça suffit, je ne veux plus rien entendre sur le sujet.

— Hum… j'ai peut-être été un peu maladroit. Désolé.

— Maladroit ? J'ai dû mentir à Nate, un mec que j'apprécie énormément et avec qui je devais sortir vendredi, parce que je suis *officiellement* fiancée avec toi. J'ai fait des tas de sacrifices, ce n'est pas facile, alors oui, toi aussi, tu vas faire des efforts.

— OK, OK, dit-il en s'enveloppant enfin dans son drap pour se lever. On va fixer des règles, ça évitera ce genre de situation… Tu peux te tourner pendant que je m'habille ?

Je pivote, rouge de honte. Quand j'entends le tissu tomber sur le plancher et le bruit d'une fermeture éclair remontée, je vire au cramoisi.

— Règle n° 1, lance Daniel, tu n'entres plus jamais dans ma chambre comme tu viens de le faire. J'ai bien remarqué que tu aimais me reluquer, mais ce n'est pas une raison. Garde ça pour les espaces partagés comme la cuisine ou le salon.

— T'as l'intention d'ouvrir un club de naturisme ou quoi ?

— Non, chérie, mais j'aime bien me promener à poil chez moi !

Ce mec me rend folle.

— Règle n° 2, ne ramène pas de nanas à l'appart et ne va pas baiser ailleurs, j'enchaîne. Ça finira par me retomber dessus si ton père découvre que le fiancé copule à droite et à gauche.

— Il y a deux règles dans ce que tu viens de dire, chérie. Je refuse la seconde : tu veux que je me fasse curé ou quoi ? Abstinence pendant trois ans, t'es complètement malade.

— Ça s'appelle faire des sacrifices, t'es concerné comme moi. Si je ne peux pas sortir avec Nate, tu ne peux pas baiser comme un clébard en chaleur.

Daniel serre le poing, fulmine, puis aboie :

— La règle vaut aussi pour toi, chérie.

— Ce ne sera pas un problème, connard.

— C'est vrai que, de ce côté-là, les soupirants ne courent pas les rues !

— Ta gueule ! T'es vraiment un mec puant, dis-je en lui balançant son oreiller à la figure.

— Un mec qui dit la vérité !

Je n'en peux plus, je préfère sortir de sa chambre, mais il me suit dans l'appartement.

— On va avoir besoin de beaucoup de règles si on veut survivre trois ans, je marmonne.

— Exact. Tu as des propositions ?

— Oui : toi et moi, on ne sera jamais, jamais, un couple.

— Accordé ! Tu n'es pas mon genre, Alex.

— Idem… Pour être sûrs de respecter les règles, on va fixer des pénalités en cas de non-respect.

— Je t'écoute, répond-il en croquant dans une pomme.

Je réfléchis à un truc qui pourrait l'emmerder… J'y suis : sa bagnole !

— Si tu ne respectes pas les règles, je t'emprunte ta Lamborghini !

*Et tu ignores comment je conduis, mec.*

— Pas ma caisse, chérie.

— Si.

— T'es dingue, elle coûte une blinde. Personne ne touche à ma Lamborghini.

— Si *tu* respectes les règles, *je* ne toucherai pas à ta Lamborghini, Daniel. Pigé ?

Il ronchonne, mais finit par accepter. Bien. On verra ce qu'on verra !

— Et toi, ton gage, ce sera… tes précieux bouquins, ma cocotte !

— Touche pas à mes livres, connard.

— Tant que *tu* respecteras les règles, *je* ne toucherai pas à tes livres, chérie !

Je maudis ce mec jusqu'à la troisième génération.

— Bon, maintenant qu'on a réglé les choses sérieuses, passons aux détails, dit-il en farfouillant dans les poches de son jean.

Il en sort… une énorme bague de fiançailles. Merde alors.

— Donne ta main, chérie… On dirait que c'est la bonne taille… Tiens, attrape.

Et il me la lance. Bon Dieu, je n'avais jamais imaginé ni lu qu'on pouvait recevoir une bague de fiançailles de cette façon.

— Tu dois la porter. Tout de suite. Mon père me l'a demandé.

— Pourquoi ?

— Parce qu'on doit être interviewés dans moins de deux heures, prépare-toi, chérie ! Le monde entier va savoir que nous sommes fiancés.

# 13

## N'IMPORTE QUOI

Deux heures plus tard, je suis installée dans une loge où s'assoient généralement les présentateurs télé et les stars de cinéma. Deux dames s'activent pour me coiffer et me maquiller.

Je ne sais pas ce que je fais là, ou plutôt je ne me sens pas du tout à ma place. Daniel m'a forcée à venir, moi qui déteste les démonstrations en public. On va me poser un tas de questions plus indiscrètes les unes que les autres, je serai incapable de répondre à cause des caméras braquées sur moi. Et, comme on est arrivés en retard, il n'y aura aucune répétition pour s'entraîner avant.

Mon cœur se serre de trouille.

Les préparatifs sont terminés, je ne reconnais même pas la fille dans le miroir. J'ai l'air d'un bonbon à paillettes joliment emballé, mais le résultat est pas mal.

On m'appelle. Ça commence dans cinq minutes. Un certain Pascao m'explique le déroulement de l'interview.

— M. Kerrington arrive le premier sur le plateau, Charlize lui pose quelques questions. Quand elle lance « Voyons maintenant votre fiancée ! », vous entrez rejoindre votre promis.

*Mon promis. Ben voyons.*

C'est précisément le moment que choisit Daniel pour apparaître près de moi… J'en ai la mâchoire qui se décroche. Il est sublime. Ses cheveux blonds sont coiffés, il porte un costume gris parfaitement coupé et des boutons de manchettes. Élégant et chic, le Daniel.

Je me souviens que je dois respirer pour vivre.

Lui aussi me détaille de la tête aux pieds, mais je n'arrive pas à déchiffrer s'il apprécie ou s'il se moque… Je m'en fous, ça ne m'intéresse pas.

— Vous êtes plutôt mignons, tous les deux ! s'exclame Pascao.

Il se penche à mon oreille et murmure : « Et, à la façon dont votre fiancé vous dévore des yeux, il n'y a aucun doute, il est amoureux fou. »

*Pfff*, ce mec raconte n'importe quoi.

Le générique du début de l'émission s'affiche sur un écran de contrôle, Daniel apparaît sur le plateau avec Charlize, la présentatrice.

— Bonjour, les amis ! Nous sommes ravis d'accueillir Daniel Kerrington.

Trois rangées de spectateurs installés dans une petite tribune applaudissent et sifflent comme des malades. On se croirait au Muppet Show.

— Daniel est le fils de Harry Kerrington, entrepreneur réputé dans cette ville. Mesdames, mesdemoiselles, accueillez Daniel, qui nous fait l'honneur de sa présence ! lance Charlize.

Mini-délire dans la salle. Daniel salue avec son demi-sourire craquant. Quelqu'un crie : « Épouse-moi, Daniel ! »

— Alors, Daniel, on connaît bien votre père, mais vous, un peu moins. Parlez-nous de vous. Je me suis laissé dire que vous aviez du succès auprès de ces dames ! Vous confirmez ?

— C'est de l'histoire ancienne ! J'ai changé.

— Je ne vous suis pas, Daniel, j'ai manqué un épisode ? Il y a du nouveau dans votre vie ?

— Ça se pourrait ! lance-t-il avec un clin d'œil étudié.

Des « Ooooh » et des « Aaaah » s'élèvent dans le public.

— Une confidence pour nos spectatrices, Daniel ? l'encourage Charlize. Quelqu'un, quelqu'une devrais-je dire, est entré dans votre vie ?

— Oui !

— Et qui est l'heureuse élue, Daniel ?

N'importe quoi, Charlize m'a vue juste avant le début de ce show pourri et elle sait très bien que nous sommes fiancés.

— Elle s'appelle Alexandria. Elle est en première année au Boston College, comme moi. Alexandria est formidable, c'est la première fois que je rencontre quelqu'un comme elle. Je la trouve drôle, attentionnée… géniale quoi !

Son regard se perd dans le lointain. *Putain, arrêtez cette comédie grotesque.*

— Ouah ! Elle est sûrement fabuleuse, et c'est la seule qui ait réussi à vous attraper au lasso, on dirait !

— Alex m'a transformé. Je lui en serai éternellement reconnaissant.

Charlize continue d'interroger Daniel sur moi, il lui sert encore plusieurs conneries, elle plaisante ensuite sur la bague de fiançailles.

— Je la lui ai déjà offerte, répond Daniel.

— Vraiment ? Daniel, je suis persuadée que vos fans meurent d'envie de faire la connaissance de votre promise. Vous acceptez de nous la présenter ?

Pascao me fait de grands gestes, je suis obligée de sortir de l'ombre pour aller me placer sous les spots. Les hurlements du public me font vibrer les tympans. J'essaye de sourire sans être trop crispée, Daniel me tend la main. Quelqu'un commence à crier : « Un baiser ! Un baiser ! » Tout le monde reprend en chœur. C'est quoi, ce traquenard ?

Daniel fixe mes lèvres, je blêmis sous le maquillage. Au dernier moment, il dévie sur ma joue. Sauvée.

— Alors, c'est elle ! s'exclame Charlize. On applaudit bien fort celle qui a dompté Daniel Kerrington ! Bravo, Alexandria, quel talent, je suis impressionnée !

— Merci. Appelez-moi Alex.

— Bien sûr, Alex… Voulez-vous nous dire ce que ça fait d'être fiancée à Daniel Kerrington, l'héritier de Kerrington & Co. ?

*C'est l'enfer sur terre.*

— C'est comme dans un rêve.

— Votre bonheur fait plaisir à voir, Alex ! Je vous envie.

Daniel la remercie, je crois que je m'étrangle à ce moment-là.

— Alex, comment est-ce arrivé ? reprend Charlize.

— Pardon ?

— Comment vous êtes-vous rencontrés ? Tout le monde aimerait savoir.

Je jette un regard paniqué à Daniel, qui déglutit péniblement.

— Je préfère que ce soit Alex qui raconte, elle est meilleure que moi en littérature, lance ce crétin.

— Non, vas-y, Daniel, à toi l'honneur.

— Chérie, je t'en prie !

— Non.

Charlize se fige.

— Daniel, j'adoooore quand c'est toi qui parles de notre première rencontre, je minaude.

— Oui, Daniel, renchérit Charlize, votre fan-club est venu pour vous entendre.

— Ah. Euh… C'est une longue histoire.

— Prenez votre temps !

J'ignore comment il va se sortir de ce traquenard, mais ça m'amuse de le voir sur le gril.

— Eh bien… euh, c'était dans un restaurant, il y a trois mois.

*Le con, il ne va tout de même pas raconter ça ?*

— Au Kitchen Basilic, un endroit que j'aime bien. Je ne savais pas qu'Alex y travaillait, mais je l'ai tout de suite repérée avec son petit tablier.

Je suis scotchée à mon siège.

— Vous savez que j'aime les… que j'aimais beaucoup les femmes. Je les invitais au resto, avant de… pour discuter devant un verre.

Le public éclate de rire, moi pas.

— La première fois, Alex était coiffée avec une queue-de-cheval. J'ai remarqué ses yeux, son sourire. Chaque fois que je venais, je m'arrangeais pour que ce soit elle qui s'occupe de ma table. Je sentais que ça l'irritait qu'une nana différente m'accompagne chaque samedi soir. Alex était sûrement un peu jalouse, parce qu'elle a commencé à saboter mes rendez-vous… Elle a du tempérament, ma fiancée ! Au début, je ne comprenais pas pourquoi mes copines s'énervaient après moi. J'ai fini par réaliser que c'était la petite hôtesse mignonne qui prenait mes compagnes à part pour leur parler de moi.

Ça m'a mis en rage, elle aussi. Un dimanche matin, on s'est hurlé dessus devant le restaurant. Une vraie guerre thermonucléaire. Deux jours plus tard, quand la colère est retombée, j'ai voulu m'excuser, mais Alex est du genre buté. Je me suis accroché pour qu'elle me regarde différemment. Je l'ai invitée, et voilà !

Son petit numéro de prince charmant déclenche un tonnerre d'applaudissements. Il vient de réécrire tout le scénario à son avantage. Je m'étrangle, avec un sourire jaune.

— Vous étiez vraiment faits l'un pour l'autre ! s'exclame Charlize. Merci, Daniel, merci, Alex, on vous réinvitera, votre bonheur est éclatant. Nous clôturons cette émission sur ce merveilleux happy end !

# 14

## DÉMONSTRATION EN PUBLIC

Dès la fin de cette connerie monumentale, mon portable se met à vibrer comme un fou. Je reçois une tonne de messages de potes, cousins, oncles et tantes.

*T'es fiancée ? Congrats, Alex ! OMG, un fiancé et t'as rien dit. Bitch. Appelle-moi. Pourquoi t'as rien dit ? Félicitations, ma chère Alex, bientôt la robe blanche. Je peux être demoiselle d'honneur, s'il te plaît ? Complètement ouf, princesse Alex. Présente-moi ton fiancé ! Y en a qui ne s'emmerdent pas !*

J'éteins. Je ne savais pas que les nouvelles circulaient si vite. En ouvrant mon ordi, je constate que mes comptes Facebook, Twitter et Instagram explosent. J'ai des followers comme jamais et une tonne de messages envoyés par des ados furieuses.

Daniel entre dans le salon et balance une pile de magazines sur la table basse.

— Alors, heureuse, la vedette ? ironise-t-il.

Je lui réponds par mon regard de killeuse. Apparemment, on fait la une de ces torchons. Les photos sont tirées de l'émission télévisée. La pire est un portrait de nous deux faussement énamourés, les yeux dans les yeux. Bien sûr, c'est du bidon, mais tout le monde l'ignore.

— Donc, ils y ont cru, je murmure.

— Évidemment. Je suis un très bon acteur.

— Ton père est content ?

— Moyen. Lis l'article page 15.

*De notre envoyé spécial, Jo Nelson.*

*Certes, Daniel Kerrington s'est montré convaincant sur sa première rencontre avec celle qui est devenue sa fiancée. Mais ces deux oiseaux sont-ils vraiment amoureux ? Le fils indiscipliné qui alignait les conquêtes depuis ces derniers mois nous a maintes fois prouvé son appétit féroce. Alexandria n'était pas dans le paysage, elle semble sortie d'un chapeau de magicien. Le couple n'a jamais été vu ensemble. Des sources bien informées confirment que leur romance pourrait avoir été arrangée pour blanchir l'héritier Kerrington.*

*Quelle comédie nous jouaient Daniel et Alex sur le plateau de Charlize hier après-midi ? Ce ne serait pas la première fois qu'on nous mène en bateau lorsqu'il s'agit d'un riche fils à papa.*

Ouah. Cette journaliste est une pyromane qui joue avec le feu, elle n'a pas froid aux yeux.

— Mon père l'a fait virer.

— On va être obligés de faire des efforts, je murmure.

— Oui. Et de s'afficher en public. Faire des trucs de couple.

*Gloups*. Ce contrat de merde, quelle purge.

— Tire pas cette tête, Alex ! Tu n'es pas au bagne !

— OK, on se tiendra par la main.

— Ce n'est pas suffisant. Il faut aussi s'embrasser en public.

— Jamais !

— Si j'étais toi, je tenterais le coup, il paraît que j'embrasse très bien ! se rengorge Daniel.

— J'ai dit : Jamais !

— T'as jamais embrassé de mecs ?

— Bien sûr que si, mais toi, je ne t'aime pas.

— Parce qu'il faut que tu aimes pour embrasser ?

— Oui, ça te défrise ? Peut-être qu'un jour tu connaîtras ça. Donc, je ne t'embrasserai pas.

— Sur la joue, au moins, soupire-t-il.

— OK.

— Alors, on passe à l'entraînement !

— Quoi ! Maintenant ?

— Oui. À la fac, tout le monde va nous regarder, j'en suis sûr.

Je blêmis.

— Alex, t'as peur ? C'est toi qui proposais de faire des efforts !

Coincée. Je reconnais ma défaite. La journée s'annonce longue et pénible.

Comme Daniel l'avait prédit, quand nous arrivons sur le campus, tous les yeux se tournent vers nous. J'entends des « fiancés », « trop jeunes » et « c'est louche ». Daniel est à l'aise, comme toujours. Je crois même qu'il se délecte de la situation. Moi, c'est tout l'inverse, en plus ça me rend super nerveuse que les filles matent le gros caillou que je porte.

Daniel me caresse la main. Je me raidis.

— Bah alors, chérie !

— Ta gueule.

Il entrelace ses doigts aux miens. Je me cramponne dans ma tête pour ne pas les retirer.

— Tu vois, ce n'est pas la fin du monde ! se moque-t-il.

— Je n'aime pas qu'on me regarde comme une bête curieuse.

— Va falloir t'habituer, maintenant que tu es avec moi, chérie.

— Personne ne t'a jamais parlé de ton ego surdimensionné ?

— Si, mais je m'en fous !

Je repousse sa main, ça suffit. Daniel s'arrête.

— Avance, connard.

Au lieu de me répondre, il m'attire à lui et plonge ses doigts dans mes cheveux, remet une mèche rebelle derrière mon oreille.

— Du calme, chérie, on dirait que t'as vu un fantôme !

Daniel se penche alors et m'embrasse sur la joue, tout près de la bouche. Content de lui, il me sourit et s'empare de nouveau de ma main. Qu'est-ce qui lui a pris ? Soudain, je comprends : Nate est là, visage fermé.

C'est la première fois que je le revois depuis la scène de l'escalier. Je cherche ses yeux, mais il me tourne le dos et s'éloigne en vitesse.

J'aimerais le rattraper, le serrer dans mes bras, lui dire que je suis désolée, désolée, désolée, que je rêve de sortir avec lui vendredi. Mais je ne fais rien de tout ça, parce que je sais qu'il souffre à cause de moi. Inutile d'en rajouter.

Alors je le regarde s'en aller.

# 15

## TU M'APPARTIENS ?

— Tu peux me dire quelle mouche t'a piqué, Daniel ?

On est à l'appart, il est temps de s'expliquer.

— Quoi encore ? soupire Daniel.

— Tu sais très bien de quoi je veux parler.

— Pas du tout, chérie.

— Tu as fait exprès de m'embrasser devant Nate, je hurle.

— N'importe quoi, répond-il en s'affalant sur le canapé.

— Tu savais très bien que Nate n'apprécierait pas. C'est comme ça que tu traites tes potes ?

— On n'est pas vraiment potes.

— Quoi ?

Vu qu'ils habitaient ensemble, je ne m'étais même pas posé la question.

— Nate ne supportait pas mes… habitudes en matière de sexe ! Je l'énervais.

— Et ça t'étonne ?

— Oui, tout le monde m'aime, surtout les nanas ! me répond ce grand crétin. Si on ne s'est jamais tapé sur la gueule, Nate et moi, c'est grâce à Simon, un geek super cool. Je m'entends bien avec Simon. Nate aussi. Sans lui, notre coloc n'aurait jamais fonctionné...

— OK. Mais moi, j'aime bien Nate. Tu n'avais pas le droit de faire une crasse pareille.

— Ah, ah ! Tu dérailles, chérie : j'ai tous les droits, surtout si Nate se fait des films sur toi. Hors de question qu'il nous complique la vie. Tu es ma fiancée, je t'embrasse.

— J'ai envie qu'il reste mon ami.

— Seulement si c'est platonique, chérie. Il te regarde avec des yeux de vache, ça m'énerve. On va l'ajouter à notre liste de règles : pas de Nate chez nous.

Je propose à Daniel de coucher tout ça sur le papier. Il farfouille cinq bonnes minutes dans son sac avant d'en sortir une feuille froissée et un Bic mordillé.

— C'est parti. Règle n° 1 : pas de nanas à poil dans la cuisine ! se moque Daniel.

— Et dans le reste de l'appart, je précise.

— Interdit d'entrer dans la chambre de l'autre, dit Daniel.

— Et de se mêler des affaires de l'autre.

— Interdit de ramener Nate ici, se délecte Daniel.

— Donc je peux ramener n'importe qui d'autre.

— Non, chérie. Ça enfreindrait la clause *Les fiancés s'engagent à ne fréquenter personne d'autre durant les trois ans prévus au contrat.*

*Argh*, foutu contrat. On continue donc cinq minutes à écrire ce qui nous vient à l'esprit. Ce qui donne cinq règles chacun. Daniel fixe la feuille avec un magnet sur le frigidaire.

— Au fait, mon père veut qu'on organise une fête de fiançailles.

— Pourquoi ? Tout le monde est déjà au courant avec l'émission de télé.

— C'est pour les relations professionnelles de sa boîte. Je dois montrer que je suis suffisamment sérieux pour reprendre le flambeau.

— Et c'est prévu quand ?

— Samedi. Ça se passera ici.

— Ce samedi ? C'est trop court, comme délai !

— Du coup on s'y met tout de suite, chérie ! Tu préfères t'occuper du DJ ou des fleurs ?

*Quelqu'un sait pourquoi ma vie n'en finit pas de foirer ?*

# 16

## PLATONIQUE

Le lendemain matin, j'annonce à Daniel qu'on fait trajet à part. J'ai prévu d'aller au campus avec Cara, dans ma voiture. Je passe la prendre en bas de notre ancien immeuble.

On est super en avance, parce qu'elle a un exposé à préparer avec deux autres étudiants. Pour une fois, je vais pouvoir être tranquille : je m'installe sous un arbre et je sors un bouquin. Le bonheur.

Une fois que je suis plongée dans ma lecture, j'oublie tout le reste. Mais, au bout d'un quart d'heure, j'entends quelqu'un se racler la gorge. Une paire de jambes est plantée devant moi.

— Je peux te déranger deux minutes ?

C'est Nate.

— Euh… OK.

Il s'assoit près de moi. Le silence s'étire entre nous durant un bon moment.

— Je suis désolé, finit-il par murmurer. Je n'ai pas été sympa, je m'en veux de…

— Non, c'est moi, Nate, c'est entièrement ma faute. J'aurais dû te parler de Daniel et…

— Et moi, j'aurais dû te demander si tu étais avec quelqu'un.

— Et moi, j'aurais dû être plus claire.

— Et moi, je n'aurais pas dû réagir comme ça.

— Je ne voulais pas te blesser, Nate.

— Je ne voulais pas que…

On éclate de rire.

— J'ai bien fait de venir m'asseoir près de toi, on avait des tas de choses à se dire !

— Oui… Sans rire, Nate, je suis vraiment désolée, tu n'as pas idée.

— Moi aussi, Alex… J'ai un peu pété les plombs avec cette histoire. Pardon. J'aimerais qu'on reste amis, si tu es d'accord, bien sûr.

— J'aime trop discuter avec toi !

— Alors, raconte-moi, s'il te plaît.

— L'histoire des fiançailles ?

— Bien sûr.

Du coup, je lui explique enfin tout ce qui me tracasse depuis une semaine, depuis que ma vie est devenue une planche savonneuse avec moi à califourchon dessus.

— Et maintenant, il y a cette fête prévue samedi, je conclus. Ça va être une méga-cata.

— Mais non.

— Et si tu venais, Nate ?

Aïe, la règle. J'ai parlé trop vite, Daniel va me tuer.

— Non, Alex. Pas sûr que ce soit une bonne idée, en plus.

— Allez, Nate. J'ai aussi invité Cara, avec vous deux ce sera mille fois plus sympa.

— Vraiment ?

— Vraiment.

Je confirme, Daniel va me tuer.

Nate m'accompagne jusqu'à mon amphi. Au moment de le laisser, je le serre dans mes bras. Un gros câlin. Il est d'abord surpris, puis se détend.

— Merci d'être revenu vers moi, Nate.

— Tu sais, je ne sais pas trop où tes fiançailles avec Daniel vont t'emmener, mais tu pourras toujours compter sur moi, Alex, répond-il avec un demi-sourire.

J'ai le cœur beaucoup plus guilleret en le quittant pour entrer en cours. Daniel est déjà assis, il m'accueille plutôt fraîchement.

— Je n'aurais jamais cru que toi et lui, ça redémarrerait si vite, grogne-t-il. Il se dit peut-être qu'en restant pote avec toi il te récupérera plus facilement.

— Je te rappelle que tu étais d'accord pour que je reste amie avec lui.

— Ce qui ne veut pas dire que j'approuve, ronchonne-t-il encore.

— Nate est quelqu'un de bien, il est au-dessus de tout ça, alors arrête d'en faire un fromage.

Le cours commence, Daniel se renfrogne dans son coin. Ses mauvaises ondes m'empêchent de me concentrer.

— Nate ne te mérite pas, murmure mon voisin, boudeur.

J'ai mal entendu ou il est jaloux ?

# 17

## PRÉPARATIFS À LA TEQUILA

Les deux jours suivants se passent en préparatifs des festivités : coups de fil, courriels, courses en ville, réception des livraisons. Plus les cours que je ne veux pas rater et un essai de quatre mille mots en littérature. Je reste l'après-midi entière à la bibli pour le travailler. C'est loin d'être ma meilleure semaine.

Quand je peux enfin rentrer à la maison, ma quiétude ne dure pas dix minutes, Daniel est là et hurle à travers l'appartement :

— Ça y est, te voilà ? Pourquoi tu ne décroches jamais ton téléphone ? Je t'ai laissé une tonne de messages.

— Je rédigeais mon essai.

— T'es lente, chérie, moi j'ai achevé les deux il y a belle lurette.

— Menteur. Tu ne travailles jamais.

Avec un clin d'œil, il me montre une liasse de feuilles posées sur le comptoir de la cuisine. Je reconnais les sujets demandés par la prof. Décidément, ce mec n'en finit pas de me surprendre : plutôt écolo, bon cuisinier, surtout pour les pancakes du petit déj, joueur de guitare, fan de *Desperate Housewives*, à quoi j'ajoute élève assidu et sérieux sans aucune tendance à la procrastination. Il est d'une redoutable efficacité avec les devoirs, je n'en reviens pas.

— OK, je m'incline, tu es très fort. Maintenant, laisse-moi dormir, je suis au bout de ma vie.

— Sûrement pas ! Étudie ces fiches, chérie, me dit-il en balançant un classeur sur mes genoux.

— C'est quoi ?

— Le trombinoscope des invités, avec tous les détails à connaître.

— Rien à foutre, et je suis épuisée, c'est inutile.

— Essaye d'intégrer dans ta petite tête que la fête de demain est un test, et qu'on doit le réussir. Plus on sera préparés, mieux ce sera. Surtout devant tes parents et mon père. Pigé, chérie ?

*Argh*, mes parents. Je les avais zappés, ceux-là, ils semblaient s'être calmés en ne me harcelant plus de coups de fil.

— OK.

Daniel ouvre le classeur. Première fiche. Ça va durer des heures, il y en a tellement. Au bout d'une heure, on s'interroge mutuellement pour vérifier.

— Tante Frida ? lance-t-il.

— Ta famille, côté paternel, la soixantaine, deux maris, le premier est mort en avalant une arête de poisson, le second s'est barré. Elle a eu cinq enfants. Ton père l'aide financièrement. Elle a trois chats, Louis, Petra et Miou-Miou, je soupire.

— Mimi, me reprend Daniel.

— Mimi, pardon. Elle vient demain accompagnée de son nouveau copain, qui a vingt ans de moins qu'elle.

Daniel salue ma performance. À son tour. Je lui montre la photo d'un lointain cousin.

— Sean, fils de Julia et Robert Hastings. Vingt ans, étudiant en archi à la NYU. En couple avec Tati, bien roulée, cheveux bruns, grands yeux, petit c…

— Stop, Kerrington, concentre-toi !

— Ils vivent à Brooklyn avec Max, leur iguane de compagnie.

— Bravo !

Après la famille, on passe en revue les relations professionnelles de Harry Kerrington, puis ses amis, les employés qui sont invités. J'en ai la tête qui tourne, les fiches dansent devant mes yeux.

— Plus jamais ça, Daniel, dis-je quand nous refermons enfin le maudit classeur.

— Pour une fois, on est d'accord. Plus jamais ça, répond Daniel. Un verre pour fêter ça ? J'ai de la tequila.

— Je ne bois pas.

— Arrête de faire ta pimbêche, chérie, faut te détendre dans la vie.

— Juste un verre, alors.

Il sert deux shots, j'attrape le mien et je le bois cul sec. L'alcool me brûle l'intérieur de la gorge, j'ai soudain très chaud.

— C'était quand, la dernière fois que tu as bu ? se moque Daniel.

— Euh… Pour mes dix-huit ans, je crois. Horrible. Cara avait mis un seau près de mon lit tellement j'étais malade. Et toi, c'était quand, la dernière fois ?

— Quand mon père m'a dit qu'on devait se fiancer… Toute la bouteille de vodka y est passée. Le réveil a été brutal.

— Ça me console un peu d'apprendre qu'on était deux à avoir un week-end pourri.

Il nous ressert. J'hésite, il pousse le verre vers moi. Après tout. Je le vide.

Grosse erreur. Le deuxième est suivi d'un troisième, et ainsi de suite, jusqu'à ce que je perde le compte. La nuit tombe, mes paupières aussi.

Je n'y vois plus rien.

# 18

## SHOPPING

Les premiers rayons du soleil me défoncent le crâne. Qui a oublié de fermer les rideaux ? Argh, lendemain de cuite, c'est terrible. Je m'étais pourtant juré de ne jamais recommencer.

*Alex, tu n'es qu'une sombre crétine.*

Je décide de dormir encore cinq minutes, mais un grognement s'élève près de moi. Une décharge électrique me vrille le corps. Je tourne lentement la tête vers l'origine du bruit. Daniel Kerrington est là. Sur mon lit, allongé la bouche ouverte, le T-shirt à moitié relevé sur les abdos, ce qui me donne une vue de première loge.

Il remue, prend ses aises, son visage arrive à cinq centimètres du mien, sa main remonte, tâtonne, atterrit sur ma cuisse.

*Ben voyons, ne te gêne pas, mec.*

Son nez s'enfonce dans mes cheveux. Tout mais pas ça. Je glisse au bord du lit puis tombe sur les fesses.

Super, le réveil. Dois-je flanquer deux baffes à ce malotru pour l'éjecter ?

Hum, un peu violent. Je décide de lui pincer le nez. Très fort.

— Putain, c'est quoi, ça ? hurle-t-il en se redressant. Merde, Alex, t'es psycho ou quoi ?

— Vire. Toi. De. Mon. Lit.

— T'es sérieuse, là ? Tu es dans *mon* lit, pauv' fille.

J'écarquille les yeux pour regarder autour de moi. Les murs ne sont pas couleur lavande, mais bleus. Mes étagères de livres ont disparu.

— Oh.

— Ouais, oh.

— Comment c'est possible que je…

— Soirée tequila, tu te souviens ?

— Euh… Je n'ai pas… On n'a pas… Il s'est passé quelque chose hier soir ?

Mon Dieu. Dites-moi qu'on n'a pas couché ensemble. Rien que l'idée me donne envie de gerber. Daniel me fixe avec des yeux de veau.

— Non, non, non, c'est pas vrai, on n'a pas fait *ça* !

Une sueur froide dégouline le long de mon dos. J'essaye de rassembler mes souvenirs. Rien.

— Mais, tu es encore habillé et moi aussi ! je m'exclame, en constatant tout de même que mon soutien-gorge est dégrafé.

Daniel explose de rire, un rire de hyène hystérique.

— Si tu voyais ta tête, Alex ! Bourré ou non, je n'aurai jamais envie de toi, tu peux te rassurer !

Ce mec me rendra folle.

— Enfoiré. Gros naze. Pervers. Pourquoi tu m'as laissée croire un truc pareil ? Sale type ! je hurle à pleins poumons.

— C'était trop tentant… Un conseil, chérie : ne bois pas autant. Tu ne tiens pas du tout l'alcool.

— Qu'est-ce qui s'est passé ?

— Rien. Au bout du quatrième shot, tu t'es mise à chanter. Archi-faux, en plus. Tu parlais de Nate, ton cher Nate, c'était mortel. Après, tu as vomi direct dans l'évier et tu t'es écroulée raide sur le comptoir de la cuisine. La fille pas intéressante, quoi.

Bon, l'honneur est sauf. Je le laisse se recoucher puis file me servir un verre d'eau avec deux cachets d'aspirine et prendre une douche bien chaude.

Quand j'arrive dans la cuisine, Daniel y est déjà, habillé, en train de préparer des pancakes. Incroyable, ce mec peut manger après une cuite.

— Prête pour le grand jour ? demande-t-il, la bouche pleine. J'espère que tu as une tenue classe pour ce soir.

— Non. Ma garde-robe se compose de jeans et de T-shirts, je grogne.

— Alors je t'emmène faire du shopping.

— Hors de question !

— Bien sûr que si, chérie. Une robe sexy, des talons, du maquillage pour avoir l'air présentable. OK ?

*Je vais le tuer.*

— Arrête de me faire passer pour un thon, Kerrington.

— Le contrat ! Pense au contrat !

J'abdique. C'est parti pour le shopping.

Daniel choisit un magasin très chic. Si Cara me voyait ici, elle tomberait à genoux en récitant des alléluias : je ne suis jamais la mode des magazines, mes fringues de tous les jours me suffisent.

Mon fiancé est en pleine discussion avec une vendeuse, j'imagine qu'il lui explique ce que nous cherchons. La fille est mignonne, mais Daniel se tient bien et la regarde dans les yeux (pas dans les seins, il progresse). En revanche, elle n'arrête pas de rejeter ses cheveux en arrière, de redresser le buste pour tendre son chemisier, dont les boutons vont exploser, et de lui faire des sourires niais. Il est temps que je mette de l'ordre.

— Je peux savoir de quoi vous parlez, tous les deux ? dis-je en plaçant ma main gauche avec le gros diamant sur l'épaule de Daniel.

Effet garanti, la jolie vendeuse bat en retraite.

— Euh… Votre fiancé m'expliquait quel genre de robe il cherchait pour vous.

— Il est adorable, n'est-ce pas ! je minaude.

Elle acquiesce en rougissant, et part nous trouver des tenues.

— Jalouse ? me demande Daniel avec son air narquois.

— Je marque mon territoire. Tu es mon fiancé, n'oublie pas.

— Jalouse, c'est bien ça !

— Arrogant, c'est bien ça.

La vendeuse revient avec plusieurs robes.

— Si vous avez besoin de quoi que ce soit, n'hésitez pas, me dit-elle en les accrochant dans la cabine d'essayage.

*Va te faire foutre.*

J'enfile la première en lamé or, un truc de ouf. Je rouvre le rideau pour montrer à Daniel.

— Non. T'as l'air d'une Cléopâtre de pacotille.

OK. La suivante. Une robe longue bustier qui souligne ma taille.

— Non. On dirait une tulipe cueillie trop tôt.

Même cirque pour la troisième, et la quatrième. *Pfff*, ce mec est décidément pénible.

Je passe la cinquième, une robe archi-mini, serrée de partout, un mouchoir de poche.

— Oui ! s'exclame ce vicieux de Daniel.

— Non, j'ai tout d'une pute.

Et puis quoi encore, il me prend pour une de ses conquêtes d'un soir ?

Je referme le rideau, il reste une dernière robe. Noire, simple, élégante. Je me trouve un petit air d'Audrey Hepburn dans *Diamants sur canapé*.

Daniel en reste sans voix. Ses yeux me détaillent de la tête aux pieds. Un sourire éclaire lentement son visage.

— Très bien, murmure-t-il.

Adjugé. Elle me plaît aussi beaucoup. On poursuit notre shopping en achetant des chaussures à talons. J'ai ensuite droit à une séance de maquillage avec conseils accélérés de la vendeuse. J'ignorais que c'était si complexe. C'est ça un *sugar daddy*, un mec qui fait chauffer sa carte bleue toute la journée ?

Quand on ressort du centre commercial, mon portable bipe. Un texto de Nate :

*Un café juste toi et moi. Ça te dit ?*

Super !

— C'est bientôt fini, les courses ? je demande innocemment.

— Dans deux petites heures, me répond Daniel.

Parfait. Je tape un message ultra-court à Nate :

*Oui !!!!*

# 19

## MON ÂME SŒUR

Une fois le shopping terminé, je m'échappe comme une voleuse pour aller retrouver Nate. Quand j'entre dans le café où il m'attend, une petite voix me murmure : « Calme ta joie, Alex… » Mais oui, c'est juste un verre entre amis.

Nate est là, souriant, détendu.

— Salut, Alex ! La forme ?

— Si j'oublie que je viens de passer trois heures à courir les magasins pour la fête de fiançailles, oui !

— C'est vrai, quel con, c'est aujourd'hui. Je n'aurais jamais dû te proposer de me rejoindre, tu es hyper-occupée.

— Au contraire ! J'avais besoin d'une pause… Au fait, je n'ai pas reçu ta réponse : tu viens ce soir ?

— Non, je rentre chez moi voir ma grand-mère.

— Un problème ?

— Oui et non. Ma grand-mère est vieille, surtout sa santé décline… C'est elle qui m'a élevé après la mort de mes parents. J'ai envie de passer un peu de temps avec elle.

— Oh. Désolée, j'ignorais… je…

Comme les mots me manquent, je prends sa main dans la mienne. Nate est d'abord surpris par mon geste, puis son sourire réapparaît. Sa chaleur me gagne.

— Merci. C'est la vie. J'aimerais bien que tu la rencontres, je suis sûr qu'elle t'apprécierait.

— Ça me ferait super plaisir. Ta grand-mère doit être fière de toi, un futur médecin qui réussit brillamment ses études.

— Oui, ça compte pour elle… Pour en revenir à toi, je suis désolé, je n'ai pas encore pris le temps de lire ce que tu écrivais.

— T'inquiète. Je suis loin des prix littéraires.

— Peut-être, mais ça m'intéresse quand même. Je sais que tu es une plume.

— Ah ! Et comment en es-tu si sûr ?

— Laisse-moi me faire ma propre idée, Alex !

Tout m'ensorcelle chez ce garçon. Je sors ma tablette et cherche l'histoire sur laquelle je travaille en ce moment. Nate rapproche sa chaise. Je regrette aussitôt d'avoir accepté de lui montrer.

— *Paravents*, lit-il à voix haute. C'est le titre ?

— Oui, mais je n'ai écrit que quelques chapitres et…

Nate me lance un regard énigmatique puis se plonge dans la lecture. Je le contemple. Je me dis qu'il va se lasser au bout de trois lignes, mais non, il clique sur le bouton pour faire avancer les pages. Ses yeux suivent les mots. Je compte quinze clics, seize, dix-sept… Vingt.

C'est fini.

— Alex, c'est… bluffant ! J'adore ! Tu vas la faire publier ?

— Euh… Merci. Je ne sais pas. Ce n'est pas terminé, je dois encore travailler dessus. Tu l'apprécies parce que tu es un ami et…

— Non, c'est objectif. On est amis, oui, mais ton histoire est vraiment bien tournée, tu devrais l'achever et la montrer à un éditeur.

— On verra.

— Essaye. Tu n'as rien à perdre et tu auras l'opinion d'un professionnel. S'il la rejette, ses remarques t'aideront à la retravailler. Mais, franchement, je trouve que tu as beaucoup de style.

— Merci de m'encourager, Nate. Je finirai *Paravents*.

— Super. Viens, on doit y aller.

— Où ça ?

— À la librairie, bien sûr ! J'aimerais que tu me conseilles, tu ne peux pas refuser, toi, la *pasionaria* de la lecture ! On a deux heures.

— C'est parti !

Ce mec est mon âme sœur.

# 20

## DÉBUT DE SOIRÉE

Les deux heures suivantes sont un régal. Nate et moi traînons entre les rayons de livres, échangeons sur nos histoires préférées, choisissons des lectures. Cela fait du bien d'être sur la même longueur d'onde avec quelqu'un.

Malheureusement, toutes les bonnes choses ont une fin, Nate part chez sa grand-mère, je rentre dans ma prison dorée.

Daniel est là, habillé pour la fête. Dès que je pousse la porte, il aboie :

— T'étais où, bordel ?

— Rebonjour, Daniel.

— Mauvaise réponse. Je répète : t'étais où, bordel de merde ?

On dirait un taureau qui va charger, de la fumée sort de ses naseaux. *Calmons la bête.*

— Avec Nate. Je te rappelle qu'aucune clause ne l'interdit tant que c'est platonique.

— Tu sors en cachette avec ce mec et tu prétends que c'est « platonique » ?

— Je ne me cachais pas.

*Hum, terrain glissant.*

— Ah oui ? Je te conseille de réviser le contrat et de remballer tes sentiments pour Nate si tu ne veux pas tout foutre en l'air, fulmine Daniel.

Je blêmis. Il a raison, je ne maîtrise plus rien quand je suis près de Nate.

— OK, pigé, je murmure en filant dans ma chambre me préparer.

Au bout d'une demi-heure, le résultat est honorable, même si les maquilleuses du studio de télé avaient fait mieux.

Les voix des premiers invités montent jusqu'à l'étage. En descendant au salon, j'aperçois des hommes en costume, des femmes en robe longue. La soirée s'annonce particulièrement mondaine. Daniel m'attend en bas des escaliers.

— Pas mal, chérie, murmure-t-il en me baisant la main. N'oublie pas que je suis encore très fâché contre toi.

— Comme d'hab.

— Je te résume la situation pour que ce soit bien clair dans ta petite tête : nous sommes fiancés, amoureux et heureux… Je compte sur toi.

Daniel m'entraîne vers un groupe d'invités pour me présenter. Je reconnais quelques visages grâce aux fiches mémorisées, mais ce n'est pas facile avec le maquillage des unes ou les lunettes des autres.

M. Kerrington nous fait signe.

— Bonsoir, Alexandria. Tu es ravissante. Bravo.

— Merci, monsieur.

— La soirée te plaît, papa ? demande Daniel.

— Beaucoup. Je vous félicite tous les deux, c'est très réussi.

Daniel reste de marbre. J'ignore pourquoi, les relations entre père et fils sont tendues, il y a du contentieux dans l'air.

— Comment va Wood & Co. ? dis-je pour détendre l'atmosphère.

— Beaucoup mieux depuis que j'ai mis mon nez dedans, répond Harry. Si tu respectes ton engagement, l'entreprise de tes parents sortira définitivement du rouge.

Quel requin. Je bafouille un remerciement et reprends la tournée au bras de Daniel. Les invités nous posent toujours les mêmes questions, on répète toujours les mêmes réponses. Originalité zéro, ennui mortel, j'ai mal aux mâchoires.

Cara arrive enfin. Elle a une heure de retard et une tenue particulièrement sexy : une robe écarlate fendue sur toute la hauteur de sa cuisse gauche. Cara est sublime, comme toujours. Elle fonce sur moi dès qu'elle me repère.

— Ouah, Alex, tu es divine !

— Arrête ! Tu sais bien que c'est toi… Champagne ? dis-je en attrapant deux coupes sur le plateau que me tend le serveur.

— Oui ! On trinque ?

— À quoi ?

— À la vie ! Aux fausses fianç…

— Chut ! Cara, t'es folle ?

— *Oups. Tchin*, Alex !

Je la pousse à l'écart, ma pote est dingo.

— Cara, tu as bu ?

— Euuuuh… ça se pourrait… j'avais soif et…

Oh là, si Cara est bourrée, la soirée risque d'être mouvementée avec les journalistes qui déambulent. On court à la cata…

— Cara, je me demande si tu ne devrais pas rentrer te coucher.

— Noooon, Alex, t'es ma meilleure amiiie, je veux voir tes fiançailles !

Aïe, elle s'entête, ça se complique.

— Alex, qu'est-ce que tu fous ? fait une voix que je connais trop bien.

Mon stress monte d'un cran.

— Je te rejoins dans deux minutes, Daniel.

— Pardoooon, chérie, je t'ai fait peur ?

Bordel, Daniel Kerrington qui s'excuse ? Il y a un gros problème ou alors, c'est que…

— Toi aussi, t'es bourré ? je lui demande, glaciale.

Me voici avec deux ivrognes sur les bras. Les yeux de Daniel tombent sur la cuisse fuselée de Cara.

— L'amie d'Alex ! Hello ! C'est quoi ton petit nom ?

— Dégage, le fiancé, crache Cara.

— Oh… Qu'est-ce qui se passe ? Ta copine ne m'aime pas ?

— Elle a bu. Fous-nous la paix, Daniel, je l'emmène dans ma chambre.

— À cause de votre petit secret ? lance Cara, totalement givrée.

On dirait que Daniel dessaoule d'un coup, il se tourne vers moi, furax.

— Pas de paniiiiique, le fiancé, je serai muette comme une tooooombe, hoquette Cara. Jamais je dirai que, vos fiançailles, c'est du bidon.

— Je gère, Daniel, ça va aller, dis-je en empoignant Cara pour la tirer dans l'escalier.

Ma copine monte lentement, trébuche sur une marche, j'entends un craquement dans ma robe quand je la rattrape, mais c'est bon. On y est, je la pousse doucement sur mon lit.

— *Pffff*, Alex, t'es pas fun.

— Dors, Cara. Tu me remercieras demain.

Je ressors en vitesse, l'enferme et découvre Daniel sur le palier.

— T'as osé lui parler du contrat ? gronde-t-il. Je te croyais moins con, chérie.

— Ça suffit, Kerrington. Cara est ma meilleure amie. J'étais obligée, je te rappelle que je venais d'emménager avec elle quand toute cette histoire m'est tombée dessus. OK ?

— D'abord Nate, maintenant Cara, tu n'arrêtes pas d'accumuler les boulettes, on dirait que tu le fais exprès. T'as pensé à tes parents ? Si tu fais tout foirer, c'est eux qui trinqueront, Alex.

Je n'ai rien bu, pourtant moi aussi, je dessaoule en un clin d'œil. Daniel a plus que raison. On vient de frôler la catastrophe avec Cara. Nos regards se croisent, un face-à-face qui dure plusieurs secondes. Et là, incroyable mais vrai, je prends Daniel dans mes bras. Il reste d'abord raide de surprise, puis se détend et m'enlace à son tour. C'est la première fois que nous sommes si proches.

— J'aurais peut-être fait pareil avec mon meilleur ami, murmure-t-il.

Aussi gênés l'un que l'autre, nous reculons chacun d'un pas. Nous redescendons en silence dans la fosse aux lions. Les mondanités reprennent, mais mon esprit est ailleurs. Il y a eu un déclic avec Daniel, en bon ou en mauvais, je ne sais pas… *Oups*, je viens d'écraser un pied.

— Pardon !

— Alexandria, te voilà !

Mes parents.

# 21

## MÉLO FAMILIAL

J'avais oublié qu'ils seraient présents ce soir. Maman me détaille de la tête aux pieds.

— Ma chérie, tu ne nous avais pas habitués à ce style classique.

Sa phrase me porte aussitôt sur les nerfs.

— Tu l'aurais peut-être remarqué en étant plus souvent à la maison, je réponds du tac au tac.

— Ne parle pas à ta mère sur ce ton, coupe mon père.

— Tu n'as rien à m'ordonner, papa. D'ailleurs, je refuse de vous parler, vous le savez très bien.

— Alexandria, tu boudes depuis deux semaines, c'est suffisant, non ? lance ma mère. Et puis, ta vie ne semble pas si désagréable si j'en juge les apparences. Cet appartement est magnifique, Daniel a l'air charmant avec toi.

Mes parents ne comprennent rien à rien.

— Vous avez vendu trois ans de ma vie et je devrais trouver ça génial ? Je ne peux pas sortir avec mes amis, je dois leur mentir, jouer la comédie, mais le pire, c'est que vous avez traficoté ce piège dans mon dos, comme si je ne comptais pas, dis-je d'une voix étranglée.

— Bien sûr que tu comptes ! s'exclame maman.

— Ça fait trois ans que vous avez déserté la maison, je continue. On échange par post-it dans la cuisine et par messages téléphoniques. Votre bébé, c'est l'entreprise, pas moi… Vous m'avez rayée de votre vie, à mon tour d'en faire autant.

Et je les plante là. Fini, le mélo familial. Comme j'ai besoin de respirer, je sors sur la terrasse. La vue est superbe, le ciel étoilé et sans lune.

— Tout va bien ? me demande quelqu'un.

Un grand rouquin en smoking que je n'avais pas remarqué émerge de l'ombre.

— Ça va, merci.

— On ne dirait pas.

— J'avais chaud… On ne se connaît pas, tu t'appelles comment ?

— Simon.

— Ah, l'ami de Daniel. J'ai entendu parler de toi. Moi c'est Alex, la fiancée.

— Je sais ! D'ailleurs, il te cherche.

— Encore cinq minutes de tranquillité, je soupire.

Très respectueux, Simon s'écarte et reprend son observation des étoiles. Sa présence est à la fois rassurante et paisible. Il brise le silence de sa voix douce :

— Je sens bien que ça ne va pas, tu devrais te confier à Daniel… Que vous le vouliez ou non, vous êtes fiancés maintenant.

— Tu es au courant, toi aussi ?

— Bien sûr, Daniel est mon meilleur ami ! s'exclame Simon. Je sais également que vous n'êtes pas si différents, il serait temps d'enterrer la hache de guerre entre vous deux.

— Qu'est-ce qui te fait dire qu'on se ressemble ?

— Daniel se confie beaucoup, je suis son seul ami.

Cette dernière remarque me scotche. Daniel, avec ses millions de dollars, sa voiture de luxe, sa grande gueule, n'a pas d'amis.

— Parle à Daniel, reprend Simon. Il souffre autant que toi de cette situation. Vous pourriez vous aider mutuellement.

Si Daniel est blessé, il le cache bien derrière son arrogance et ses moqueries.

— Daniel a surtout de la chance de t'avoir comme ami.

Le silence retombe. Cette conversation m'a apaisée, Simon est un sparadrap. La porte-fenêtre s'ouvre avec fracas.

— Simon, t'as pas vu…

Daniel s'interrompt en m'apercevant.

—… Alex, achève-t-il. Viens, chérie, on va s'amuser un peu.

— Comment ?

— En ouvrant le bal !

# 22

## AIE CONFIANCE

Le DJ a déjà lancé une musique douce, les invités se sont écartés pour dégager une piste au milieu du salon, mais elle reste vide.

— Je ne sais pas danser, je chuchote.

— Mais si, répond Daniel. Laisse-toi faire.

Il m'attrape dans ses bras, ferme les paupières et pose son front sur le mien. Je sens son souffle chaud.

— S'il vous plaît ! Chers amis ! s'exclame-t-il soudain en relevant la tête. Alex et moi tenons à vous remercier. Venez danser avec nous !

Daniel est bourré, il a son petit sourire fielleux en coin, je pressens la catastrophe. Des dizaines d'yeux se fixent sur nous.

— Tu me fais confiance, Alex ? demande-t-il.

— Euh…

Daniel me prend fermement par la taille et s'élance. Ses gestes sont précis, son rythme est bon. J'ignorais qu'il était bon danseur. Du coup, je ne m'en sors pas trop mal.

La musique ralentit, Daniel cale son menton sur ma tête, son corps se colle au mien.

— Allez, dis-le ! s'exclame-t-il avec fierté.

— Quoi ?

— Tu n'as jamais été avec un aussi bon danseur que moi !

— Dans tes rêves, Kerrington.

Je suis vilaine de ne pas l'admettre, mais j'apprécie ce moment. Daniel écarte une mèche de ma joue, ses doigts s'attardent derrière mon oreille. Une bouffée d'adrénaline m'électrise.

— Tu te débrouilles bien, pour une fille qui ne sait pas danser.

— J'ai fait de la danse classique.

— Avec un tutu et des pointes ?

— Oui. Mais je détestais les tutus !

Les dernières notes de musique s'éteignent, dommage, j'étais bien sur la piste.

— Chérie !

— Hum ?

— Tes bras, tu ne m'as pas lâché !

*Oups*. Je recule précipitamment. Une salve d'applaudissements nous explose aux oreilles.

Petit à petit, la salle s'éclaircit, les invités nous disent au revoir, les journalistes remballent leur matériel. Il y aura encore des articles dans les magazines de demain.

Mes parents ne sont plus en vue, partis sans chercher à me revoir. Je me rends compte que cela me blesse. M. Kerrington est le dernier, il nous félicite une nouvelle fois pour cette soirée réussie.

À deux heures du matin, le salon est vide, le calme est revenu.

— Un vrai succès, conclut Daniel. Tu as aimé ?

— Oui. Même si j'ai les pieds en compote, je grommelle.

— Ça aurait été encore mieux sans tes parents.

Je me fige comme une statue. Comment le sait-il ?

— Désolé, reprend-il. Je vous ai entendus. Je ne savais pas que tu avais des problèmes avec eux.

— Il y a plein de choses que tu ne sais pas sur moi, Kerrington.

— Je t'écoute. Ça m'intéresse.

— Rien de passionnant, je soupire. Mes parents sont très… impliqués dans leur boulot. Ça dure depuis des années. On a perdu l'habitude de communiquer, eux et moi.

— Je connais. C'est pareil avec mon père. Tu n'imagines même pas.

Tiens, nous avons un truc en commun, Simon avait raison. Daniel se lève et remet la musique. *Hey Jude*, des Beatles.

— Bon choix. Merci.

Daniel quitte le salon, revient sans veste et en bras de chemise, sa guitare à la main. Quand la chanson s'arrête, il continue de gratter des accords en fredonnant.

— C'est beau. C'est toi qui as écrit les paroles ?

— Oui. Ça fait cinq ans que je n'ai pas joué, depuis que… ma mère est morte.

— Pardon, je ne savais pas. Je suis désolée, Daniel.

— C'est bon. J'ai appris à vivre avec la douleur.

— Pas facile de surmonter un truc pareil.

— Oui. Ma mère était fantastique, compréhensive, douce. Elle me disait tout le temps de suivre mes rêves… C'était une artiste. Peindre ses tableaux la rendait heureuse, et moi aussi.

C'est la première fois que Daniel se confie. Cela a dû être terrible pour lui quand il a perdu sa mère. Il ferme les yeux et m'attire contre lui sur le canapé. Je ne bouge plus.

— Je te parlerai d'elle une autre fois, murmure-t-il. Bonne nuit, chérie.

— Bonne nuit, Kerrington.

Et le sommeil me tombe dessus comme une masse.

# 23

## PANCAKES, PANCAKES

Quand j'ouvre un œil le lendemain matin, je suis toujours sur le canapé, habillée avec ma robe noire et contre Daniel. Une couverture est étalée sur nous deux. Sympa. J'imagine que Daniel s'est relevé dans la nuit pour aller la chercher. Décidément, Kerrington n'en finit pas de me surprendre.

Il dort paisiblement. J'avoue que ce mec est canon dans son sommeil. Je ne peux m'empêcher d'effleurer son visage détendu, de suivre la ligne de ses mâchoires. Je ne m'attarde pas, inutile qu'il se réveille et se moque de mon geste. C'est fou, il y a moins d'un mois, on se bouffait le nez, maintenant je passe la nuit près de lui.

Ses paupières remuent. Je retiens mon souffle. Ses lèvres s'étirent en un lent sourire.

— Bonjour, chérie, dit-il paresseusement. Alors, quel effet ça fait de dormir près de moi ? En général, les femmes adorent !

Je lui flanque un coup de poing avant d'aller prendre une douche. Quel con, ce mec.

Une délicieuse odeur de pancakes flotte dans l'appartement. J'en ai l'eau à la bouche, mon estomac gronde. Daniel s'affaire aux fourneaux quand j'entre dans la cuisine.

— Tu reluques mes pancakes comme si c'étaient mes burnes ! lance-t-il.

— Ne me parle jamais de tes bijoux de famille ou je te les coupe, Kerrington. Une règle de plus pour toi.

— J'adore ton humeur matinale, chérie ! répond-il en plaçant une assiette devant moi.

Il explose de rire pendant que j'inscris la nouvelle règle au bas de notre liste, puis j'attaque les deux pancakes arrosés de sirop d'érable. Un délice. Daniel me regarde manger, fier de lui, puis sort son portable et se plonge dans les nouvelles.

— On fait la une ? Il y a des photos de nos fiançailles ? je demande, trop curieuse.

— Tu nous prends pour les Kardashian ou quoi ?

Je reconnais pourtant une photo de nous deux hier soir, tandis que Daniel m'enlaçait sur la piste de danse. Le faisait-il pour les objectifs ou bien y aurait-il quelque chose qui… Non. C'est une chouette image, rien de plus. La légende titre « Le couple de l'année ».

— On n'est pas les Kardashian, mais les journalistes nous aiment presque autant !

— C'est vrai. Notre petite fête était réussie. On devrait célébrer ça !

— OK. Pizza-télé, ce soir, mais pas de porno. Pigé, Kerrington ?

— Si tu viens faire les courses avec moi, chérie.

On rapporte trois sacs de commissions chacun, le frigidaire est rempli pour la première fois depuis notre installation. La virée au supermarché était épique, surtout pour choisir le parfum de la crème glacée. Daniel est un dingue de Ben & Jerry's, moi de Häagen-Dazs. On a failli s'étriper devant les congélos.

Pour me détendre dans le salon baigné de lumière, je décide de relire le dernier chapitre de *Paravents.* Mon ordi est dans ma chambre, je monte le chercher. Au moment où je tourne la clé dans la serrure, la porte s'ouvre à la volée.

Cheveux hirsutes, robe saucissonnée de travers, nez rouge, Cara se tient devant moi. Merde alors, je l'avais totalement oubliée !

— Approche que je t'étrangle, gronde-t-elle. Tu es officiellement la pire meilleure amie du monde, Alex.

— Pardon, désolée, mais tu te souviens aussi que tu étais complètement bourrée. Tu as failli tout faire foirer.

— J'avais un peu bu, mais toi, tu as osé m'enfermer comme un chien puant en quarantaine.

Daniel monte l'escalier quatre à quatre et débarque dans la mêlée.

— Dégage ! hurle Cara.

— Elle m'en veut encore ? me demande-t-il.

— Non, la foudre est pour moi.

— Cloîtrée dans une pièce ! beugle Cara. J'ai cru que j'avais été droguée, violée, envoyée à l'autre bout du…

— Du calme, Cara, tu imagines trop de choses, et…

— Se réveiller dans un lit inconnu, dans une chambre inconnue, sans se souvenir de rien, c'est pire que tout. Je te déteste officiellement, Alex !

— Cara, je te le jure : je suis désolée.

— Vous étiez trop occupés à baiser, c'est ça ? dit-elle en fusillant Daniel du regard.

— Pas du tout ! Je te fais des pancakes, OK ? Alex peut te confirmer qu'ils sont délicieux, ajoute-t-il en m'adressant un clin d'œil.

Cara soupire, je soupire, nous descendons en procession à la cuisine.

# 24

## NOUS NE SOMMES PAS ENSEMBLE

Après son orgie de pancakes, ma copine est plus calme, mais je sens qu'elle a encore un truc en travers de la gorge. Cara demande à Daniel de nous laisser seules et, aussitôt, elle ressort ses griffes :

— Comment tu as pu m'oublier à ce point-là, Alex ?

— Tu étais bourrée, Cara ! Si je ne t'avais pas isolée, les fiançailles tombaient à l'eau.

— Tu me prends pour qui ? Je suis ta meilleure amie, je ne peux pas en dire autant de toi.

— Toujours aussi charmante.

Je boude, Cara boude, on dirait deux chiens de faïence qui se fixent. Notre face-à-face dure cinq bonnes minutes, c'est la première fois qu'un truc pareil nous arrive.

— Cara, reconnais-le, si je ne t'avais pas arrêtée, c'était la cata. Tu dois être plus prudente avec mon secret.

— C'est toi qui ne comprends pas que tu m'as blessée, Alex. Tu n'as même pas confiance en moi.

— Bien sûr que j'ai confiance, sinon je ne t'aurais rien dit.

— Tu m'en as parlé parce que tu ne pouvais pas faire autrement. Mais, bourrée ou pas, jamais je ne t'aurais trahie. Toi, tu ne m'as même pas laissé le temps d'ouvrir la bouche. Tout ce que tu voulais, c'était te débarrasser de moi... Tu aurais pu rester jusqu'à ce que j'aille mieux, c'est le rôle d'une amie, non ?

Tout ce que vient de dire Cara est juste. J'ai honte de mon attitude de la veille.

— Pardon, Cara. Tu as raison, j'ai merdé.

— Excuses acceptées. On a merdé toutes les deux !

Cara éclate de rire. Moi aussi. *Ouf*, fin de l'étripage. Mon amie a une place importante dans ma vie, sans elle, je suis la moitié de moi-même.

Daniel réapparaît, il écoutait sûrement aux portes.

— Vous êtes trop mignonnes !

— Du balai, Kerrington, c'est réservé aux filles ici.

— Sympas, les fiancés ! lance Cara, hilare.

— Si tu savais, lui répond Daniel. On a même une liste de règles... Regarde.

Cara se précipite devant le réfrigérateur. Elle glousse en pointant la règle n° 3, *Interdit d'aller voir ailleurs.*

— Bye bye, Nate, c'est ça ? demande Cara.

Daniel lève les yeux au ciel, je rougis.

Elle hurle de rire à en pisser dans sa culotte.

— *Interdit de parler des bijoux de famille de Daniel.* Comment vous en êtes arrivés là, les amoureux ?

— Euh…, commence Daniel.

— Sujet sans aucun intérêt, dis-je.

— Tu ne les trouves pas assez bien pour toi ? s'étonne Cara.

— Elle ne les a jamais vus, précise Daniel.

— Vous ne couchez toujours pas ensemble ? insiste l'abominable Cara.

— Cara ! T'es bourrée aux pancakes ou quoi ? je gronde.

— Hé ben, vous êtes un drôle de couple, conclut Cara.

Daniel et moi nous exclamons en chœur :

— Nous ne sommes pas ensemble !

— Ah ouais ? Vous êtes aveugles, alors, grogne Cara. Bye, les fiancés, j'en ai marre de tenir la chandelle, je rentre.

— Si tu veux, je te ramène chez toi, je propose.

— J'ai ma voiture. Accompagne-moi en bas, s'il te plaît.

Cara attend que nous soyons seules dans l'ascenseur pour me sortir un dernier truc :

— Je confirme, vous avez tout du parfait couple, Daniel et toi.

À ces mots, mes bras se hérissent de chair de poule.

# 25

## UN JOUR

La routine reprend. Le matin, Daniel prépare des pancakes pour le petit déj, je m'occupe du chocolat chaud, on part dans la même voiture à l'université. Je rejoins Cara, Daniel retrouve Simon.

Commère en chef, Cara me demande chaque jour où ça en est entre Daniel et moi, et je lui répète toujours que non, il n'y a rien entre nous.

En littérature, Daniel et moi sommes assis ensemble et, en fin de journée, je rentre avec lui à l'appartement. Chacun bosse de son côté, on dîne et on regarde un film dans le salon, comme deux petits vieux. Mais, au bout d'une semaine, je reconnais que j'en sais beaucoup plus sur Daniel. Je peux même en faire une liste :

1. Il n'aime pas parler de son père.

Je ne sais pas pourquoi. Quand j'essaye d'aborder le sujet, il hausse les épaules sans répondre. Un truc s'est passé, j'ai presque peur d'apprendre quoi.

2. Il fait de la muscu dans sa chambre.

Quand j'ai entendu ses grognements, je suis venue jeter un coup d'œil. C'était impressionnant. Pas étonnant qu'il ait une carrure de dieu du stade.

3. Il est gaucher.

Ce n'est pas vraiment important, mais ça m'amuse de le noter. Un jour, Daniel a piqué une crise de nerfs à cause d'une paire de ciseaux pour droitiers. Il a poussé des jurons et parlé de discrimination. Je lui ai offert une paire pour gauchers.

Quand je le raconte à Cara, elle recommence avec son histoire de couple parfait.

— Tu m'agaces, Cara ! Combien de fois dois-je te dire qu'il n'y a rien entre Daniel et moi ?

— Faux ! Je m'y connais, tu crèves d'envie pour lui, ça pue le sexe entre vous !

— T'es givrée. Je devrais à nouveau t'enfermer pour te calmer, ou alors trouve-toi un mec.

— Je sais, j'y pense aussi, soupire Cara, mais ceux que je rencontre sont à gerber… Pas comme ton Daniel ou Nate, qui se meurt d'amour pour toi, je te rappelle.

— Cara, arrête, Nate est un ami.

— Qui rêve de conclure avec toi, n'oublie pas.

Décidément, Cara voit des tas de trucs, une vraie diseuse de bonne aventure. À la réflexion, j'avoue que Nate traîne souvent à la sortie de mes cours, me raconte le dernier livre qu'il a lu ou une blague entendue à propos d'un prof. Il est adorable, il me demande toujours des nouvelles de *Paravents,* me répète que j'ai la fibre d'une écrivaine.

Nate est juste parfait, je me sens bien avec lui… Dans un univers parallèle, c'est avec lui que je serais fiancée. Tout serait tellement plus simple.

— Toi, tu penses à Nate ! s'exclame Cara. Ah là là, c'est le gros bordel dans ta vie amoureuse. Conseil d'amie : concentre-toi sur Daniel.

Les semaines passent, c'est presque Halloween, une période dont je ne raffole pas. Quand j'étais enfant, c'était pourtant un des rares moments où mon père me racontait des histoires qui me donnaient la chair de poule. Ma mère le disputait, mais j'adorais ça.

Un soir, Daniel se rend compte que je rêvasse devant mon ordi au lieu de bosser.

— Tout va bien, chérie ?

— Euh… oui.

— Taratata. Tes parents ?

*Décidément, il lit dans mes pensées.*

— C'est sans doute la seule période de l'année où ils me manquent. Je suis tarée, quand je repense à ce qu'ils m'ont fait…

— Pas du tout, tu ne pourras jamais leur enlever qu'ils sont tes parents.

— Pareil pour toi avec Harry.

— Pour moi, c'est surtout depuis le décès de ma mère… Passons, on parlait de *tes* parents.

— Si tu ne me dis rien, je ne dirai rien.

— Un jour je te raconterai, chérie.

Simon avait raison, Daniel et moi pouvons nous aider mutuellement si nous acceptons de nous ouvrir à l'autre. Mais, pour cela, chacun doit montrer sa vulnérabilité, ce n'est pas facile…

— On va à la fête d'Halloween de Cara ? je demande pour changer de sujet.

— Si tu y vas, je t'accompagne, évidemment.

— Déguisé en quoi ?

— Aucune idée…

— On pourrait trouver des tenues assorties, vu qu'on est fiancés ?

— Bravo chérie, tu es en progrès ! OK pour être ton pingouin !

— J'avais pensé à Batman et Batgirl.

— Bof.

— Jace et Clary ?

— Connais pas.

— Edward et Bella ?

— Génial !

— Sérieux ? Je n'en reviens pas que tu acceptes aussi vite.

— Bah quoi, on sera parfaits en couple cucul-gnangnan.

— Daniel, tu as conscience que tu seras déguisé en vampire ténébreux et maigrichon ?

— Je prendrai un air famélique ! Et je suis déjà ton amoureux transi et éternel, Bella my loooove !

Je lui balance un coussin en pleine figure pour le faire taire.

# 26

## INCORRIGIBLE

J'ignore si vous savez, mais, un déguisement de Bella, ça n'existe pas vraiment : elle a les cheveux foncés, un maquillage léger, des vêtements simples, tout est normal. Du coup, ce n'est pas évident d'être différente de ce que je suis habituellement.

Mais, quand Daniel vient se planter devant moi pour me montrer sa version d'Edward, j'attrape un fou rire : sa chemise est déboutonnée jusqu'au nombril et il s'est badigeonné de paillettes, comme s'il sortait d'un pot de vernis à ongles géant.

— Je te plais ? crâne-t-il en gonflant ses pecs.

— Ça va !

— Moi oui, mais toi, ça ne va pas du tout. Tu es juste… normale.

— Bella *est* normale, je te rappelle, c'est une humaine.

— Pour qu'on ait l'air d'un couple, tu dois te déguiser en Bella vampire, crétine.

— Tu n'as rien pigé !

— Tu ne m'as rien expliqué !

— T'es trop con !

— On se calme, chérie. Tu vas gentiment aller te déguiser en Bella vampire, parce que Edward et Bella sont amoureux et assortis. OK ?

— On n'est pas amoureux.

— On s'en fout ! hurle Daniel. Le contrat, pense au contrat !

*Grrrr,* putain de contrat. Je retourne dans ma chambre boucler mes cheveux, appliquer un fond de teint blanc. Daniel m'apporte des lentilles de contact « spécial vampire ».

— Go ! On fait la paire, maintenant ! se félicite Daniel.

Quand elle nous voit sur le seuil de sa porte, Cara est bluffée.

— Super, mon petit couple adoré ! s'exclame-t-elle en me serrant dans ses bras.

— Fais gaffe, tu vas te foutre du maquillage partout, je ronchonne.

Cara s'excuse, puis lorgne les pecs de Daniel. Je la connais, elle aime. Mon promis se pavane et bombe le torse. Génial.

— Tu vas nous faire entrer, oui ou non ? je demande.

— Pardon ! Bien sûr, entrez !

La fête de Cara et l'ambiance sont à des années-lumière de notre soirée de fiançailles : plus simples, plus cools et surtout beaucoup plus joyeuses. Pas de smokings et robes chichiteuses, des costumes colorés, drôles, parfois délirants. La musique joue à fond les ballons, il y a tellement d'invités qu'on se croirait dans un hall de gare.

— Tu connais tout le monde ? je demande à mon amie.

— Non ! Je l'ai dit à deux ou trois personnes et l'info a circulé !

Du Cara tout craché ! Daniel s'éloigne pour nous chercher des verres, Cara ne le quitte pas des yeux, puis elle file rouvrir la porte, ça n'arrête pas de tambouriner.

On me tapote sur l'épaule.

— Coucou, Alex !

— Nate ! Je ne savais pas que tu serais là !

— Je suis le voisin, tu te souviens… Bravo pour le déguisement, Bella.

— Et toi, en médecin, bien sûr.

— C'est nul, je sais, mais je n'avais pas trop le temps. J'ai attrapé une blouse au labo, et voilà.

— J'aime bien.

— Merci… Honnêtement, je déteste les soirées, je ne sais pas trop pourquoi je suis venu.

Deux Dracula de sexes opposés nous frôlent puis s'embrassent, prêts à se sauter dessus. Beurk.

— Pareil pour moi. La musique me perce les tympans et il n'y a jamais assez de place pour bouger.

Comme pour me répondre, le DJ monte le son, la horde de danseurs déchaînés se déhanche encore plus.

— On sort ? crie Nate.

J'hésite, je cherche Daniel au milieu de la foule et l'aperçois en train de flirter avec deux blondinettes déguisées en lapines. Bien sûr. Il caresse la joue de l'une, puis murmure à l'oreille de l'autre. Daniel Kerrington sera toujours égal à lui-même, mais ça m'énerve quand même de le voir draguer. Serais-je jalouse ?

— On sort, je réponds.

# 27

## LES YEUX DANS LES YEUX

*Mauvaise idée, Alex*, me souffle une petite voix.

Au diable ma bonne conscience, je me laisse guider par Nate, qui fend la foule d'invités entassés dans le salon en se dirigeant vers le palier.

— Tu m'emmènes où ?

— Surprise ! répond-il avec un clin d'œil.

Nous prenons l'escalier de service. Au dernier étage, il pousse une porte et s'efface pour que je passe la première… Oh, un toit-terrasse ! Devant moi s'étale un parterre de gazon avec des massifs de fleurs, une fontaine et de la vigne vierge qui court le long d'une tonnelle. C'est tout simplement merveilleux.

— Et voilà ! Petit coin de paradis tranquille ! s'exclame Nate.

— Je ne savais même pas que ça existait… Merci, Nate, j'adore cet endroit.

— Je monte souvent le matin, ça m'aide à démarrer la journée, murmure Nate en souriant.

Ses fossettes se creusent. Je cherche ses yeux. Soudain, ses doigts viennent caresser ma joue. Je crois que mon cœur manque un battement. Mais sa main retombe déjà, son visage se crispe.

— Pardon… je n'aurais jamais dû, Alex.

— Non, c'est moi.

Bon Dieu, ça a failli déraper. Je dois absolument canaliser mes sentiments pour Nate et me tenir… Mais alors, pourquoi étais-je jalouse que Daniel joue le don Juan il y a cinq minutes ? Décidément, je ne me comprends plus.

— Alex ? Tout va bien ? s'inquiète Nate.

— Oui, ça va.

— Non, c'est écrit dans tes yeux. Un problème avec Daniel ?

Nate s'accoude à la rambarde, j'en fais autant. La vue est sublime, le ciel constellé d'étoiles, le vent rafraîchissant. Nous restons là, sans ouvrir la bouche, un long moment.

— Je me demande ce qui se passe dans ta jolie tête ! lance soudain Nate.

— Tu serais déçu si tu savais !

— Sûrement pas.

— Je pense au livre que j'écris, aux livres que je lis, aux livres que j'aimerais lire, etc., etc. ! La fille zarbi, quoi !

— Au contraire.

— Tu dis ça parce que tu es aussi zarbi que moi, Nate !

— Je ne suis pas zarbi, madame !

— Je t'ai déjà vu manger un sandwich mayo-chocolat !

— Juste une fois, et c'était pour un pari.

— Et tu es un dingue de propreté, il paraît. Donc tu es super zarbi, Nate !

Il éclate de rire.

— Tu es observatrice et perspicace, Alex.

— Comme toi.

— Peut-être qu'on aime s'observer mutuellement ?

— Tu me prends pour une psychopathe !

Nate s'avance d'un pas, souffle sur une mèche qui retombe sur mon front.

— Quelqu'un t'a déjà dit de fermer ton clapet, Alex ?

— Euh… non !

— Alors je serai le premier : ferme-la, Alex.

— Pourquoi ?

— Pour ça…

Il ferme les paupières, je l'imite, puis je sens ses lèvres se poser délicatement sur les miennes. Mes mains vont se glisser sur sa nuque, les siennes entourent mes hanches. Son baiser est doux, sucré, chaud.

C'est divin…

Bordel, je suis en train d'embrasser Nate… *Nate !* Je recule comme si je m'étais brûlée sur une flamme et manque de tomber à la renverse. Nate me rattrape avant que je ne me pète le coccyx. Chacun de nous reprend son souffle en essayant de piger ce qui vient de se passer.

— Nate ? On joue à quoi, là ?

— Je suis désolé. Pardon, Alex. Triple merde, qu'est-ce qui m'a pris, tu es fiancée, je…

— Attends, on peut…

— Non, je suis entièrement responsable, je n'aurais jamais dû t'embrasser, je…

Je préfère fermer les yeux pour ne pas voir Nate dans tous ses états. Il s'en veut à mort, comme s'il venait de commettre un crime de lèse-majesté. Je le sens si blessé, si tourneboulé que je décide d'abréger sa séance d'autocritique. Il est temps de lui révéler la vérité :

— Nate, écoute-moi, s'il te plaît : il n'y a pas de fiançailles, c'est du bidon.

# 28

## QUAND ON JOUE AVEC LE FEU

Je vide enfin mon sac. Tout y passe, la faillite de mes parents, leur combine pour ne pas déposer le bilan, le contrat, la réputation de Daniel à redorer, tout. Nate m'écoute, blême comme un linge, les yeux ronds comme des soucoupes.

— Woooo, lâche-t-il après quelques secondes. Tu n'es pas avec Daniel.

— Non.

— Mais vous êtes obligés de vivre ensemble.

— Oui.

— Woooo.

— Je te mens depuis le début, Nate. Tu as le droit d'être fou de rage… Je suis désolée.

— Je reconnais que j'aurais aimé que tu m'en parles dès le début, mais je ne suis pas fou de rage.

— Tu ne me détestes pas ?

— Jamais je ne pourrai te détester, Alex… Jamais.

Il caresse mes lèvres avec la pulpe de son pouce, son geste est tendre, naturel. J'en ai les larmes aux yeux.

— Je n'en reviens pas que tu sois si calme après tout ce que je viens de dire.

— Disons plutôt que cela ne m'étonne pas : je connais Daniel depuis deux ans, je sais comment il fonctionne. Je n'arrivais pas à croire qu'il se soit fiancé par amour !

J'éclate de rire : c'est tellement vrai !

— Et puis, toi et moi, reprend Nate, ça collait tellement. Je me doutais qu'il y avait un truc que tu me cachais. J'essayais d'être patient.

— Tu n'imagines pas à quel point je suis contente de t'en avoir parlé !

— Moi aussi.

— Tu es sûr de ne pas m'en vouloir ? Si j'étais à ta place, je…

— Non, Alex, je te jure que non. J'ai surtout l'impression qu'on m'a enlevé un grand poids qui pesait sur mes épaules.

Ses yeux plongent dans les miens.

— Ah oui ? je bafouille, hypnotisée.

— Oui, Alex. Parce que maintenant je me sens libre de faire ceci…

Nate me serre dans ses bras, m'attire contre son corps, sa bouche capture la mienne, nos souffles se mêlent. Son baiser est envoûtant, envahissant, renversant. J'oublie tout.

Une image s'insinue malgré tout dans ma cervelle : Daniel.

— Alex ? chuchote Nate en prenant mon visage en coupe.

— Désolée.

— Non, c'est moi. Je t'ai encore sauté dessus.

— J'adore tes baisers, je murmure, rouge comme une tomate trop mûre.

— Le premier ou le deuxième ?

— Les deux, mon capitaine !

— Mais ? Je sens qu'il y a un « mais ».

— Mais on va faire comment ? Je suis officiellement avec Daniel, le contrat m'interdit d'aller voir ailleurs… Ce sera un énorme problème si on nous surprend.

— C'était trop beau, marmonne Nate en fronçant les sourcils.

Cette fois-ci, les larmes me piquent les yeux. Dire que j'ai attendu si longtemps ce moment avec Nate, ce baiser incroyable, et c'est déjà fini. C'est injuste, je suis si bien avec lui.

— On pourrait essayer de se voir en cachette ? suggère Nate. Ni Daniel ni personne n'en saura rien.

— Tu es d'accord ? Il y aura beaucoup de mensonges à assumer.

— Je sais. Mais je veux tenter le coup. J'ai trop envie d'être avec toi.

Ses mots tournent en boucle dans ma tête. Moi aussi, j'aime être avec lui, près de lui, contre lui. C'est ce que je désire depuis le premier jour. Le problème, c'est qu'il s'est passé tellement de choses depuis… Cela ne sera pas facile, mais j'y crois.

— D'accord pour tenter, Nate !

— On y arrivera, ajoute-t-il avec un baiser sur le bout de mon nez.

La même petite voix intérieure me souffle que le Père Noël n'existe pas.

Comme nous sommes sur le toit-terrasse depuis près d'une heure, nous descendons rejoindre les fêtards. Nate me lâche les doigts en bas de l'escalier, je le remercie d'un sourire.

Dans l'appart, les haut-parleurs hurlent toujours autant, je ne sais pas comment font ces malades pour supporter la musique techno qui entre dans leur corps.

Cara est adossée dans un coin, un verre à la main. Un garçon se penche à son oreille, elle rit comme une folle. Je décide d'approcher en reconnaissant que c'est Simon.

— Salut, vous deux !

— Alex, t'étais passée où ? Je t'ai cherchée partout.

— Sur le toit. Il y a un jardin là-haut, tu savais ?

— Non, mais toi, comment tu le sais ? Tu es montée avec quelqu'un ? demande-t-elle, suspicieuse.

Nate nous frôle au même moment, il se dirige vers un groupe de première année, je blêmis en le voyant essuyer discrètement une trace de rouge à lèvres. Cara, qui n'a jamais les yeux dans sa poche, n'en perd pas une miette.

— Alex… tu confirmes ce que je pense ? dit-elle d'une voix sourde.

Cette fille a des antennes, elle me lit comme un livre ouvert. J'acquiesce lentement.

— Merde, Alex, raconte. Je veux les détails.

— Plus tard, Cara. OK ? Tu as vu Daniel ?

— Nate, Daniel, tu collectionnes les beaux mecs, toi.

— Daniel est mon chauffeur, je te rappelle.

— Ah.

— Pourquoi tu tires une tête pareille ?

— Daniel s'est déjà barré.

— Sans moi ? Quelle mouche l'a piqué ?

— Je dirais plutôt deux mouches…

— Les deux blondasses déguisées en lapines étaient avec lui, c'est ça ?

Ce mec est pourri jusqu'à la moelle. En plus, il se contrefiche de nos règles… Euh, à la réflexion, je ne vaux pas plus cher puisque je roucoulais tranquillement sur le toit avec Nate.

— Je te ramène quand la fête sera finie, OK ? me propose Cara.

# 29

## PEUT-ÊTRE

À trois heures du matin, je rentre enfin chez moi dans la voiture de Cara. Je suis crevée, j'espère que mon amie est davantage en forme, parce que c'est elle qui conduit.

— Tu vas passer un savon à Daniel ? ironise-t-elle.

— Je ne crois pas… Moi aussi, je me suis mal comportée.

— Avec Nate ? Relax, vous n'avez pas couché ensemble. C'était juste un petit bisou au clair de lune !

— Peut-être, mais le contrat l'interdit.

— Ce contrat est du siècle dernier, grogne Cara.

— Si la presse l'apprend, on est…

—… cuits. Je sais. Mais ta relation avec Nate restera secrète, c'est bien ce que tu m'as expliqué. Et puis, Daniel en fait peut-être autant de son côté.

— N'empêche que je commence déjà à regretter. Si un journaliste nous tombe dessus, ça fera très mal.

— Ne te fais pas pincer, ma grande ! Tu ne vas pas non plus devenir bonne sœur, alors amuse-toi avec Nate. Ça te donnera le temps de réfléchir à Daniel !

— Daniel ?

— Oui, vous êtes aveugles pour l'instant, mais je sais que j'ai raison : Daniel et toi, vous finirez ensemble.

L'appartement est plongé dans le noir. Quand Daniel est là avant moi, tout est allumé, il guette mon retour avec un sourire narquois ou une remarque drôle.

Zut, je suis pathétique, voilà qu'il me manque, c'est nouveau. Je file dans ma chambre pour ne pas avoir l'air de l'attendre comme un toutou. Mais, vu que je n'arrive pas à trouver le sommeil, je reviens dans le salon avec mon ordi. Autant avancer *Paravents*. Je commence à taper un premier paragraphe, mais les mots sortent au compte-gouttes. *Grrrr*, tout m'énerve. Pourquoi Daniel ne rentre pas ?

Six heures du matin, je suis épuisée, je n'ai pas dormi, j'ai mal aux fesses à force d'être restée assise et mon texte est à gerber. Soudain, j'entends que ça remue sur le palier. Bruit de clés. Jurons étouffés.

Daniel.

Il bazarde son trousseau dans le vide-poche de l'entrée. Ses pas se rapprochent. Il s'arrête sur le seuil, je vois son reflet dans la vitre. Je me jette alors sur le clavier de l'ordi pour faire semblant de taper une phrase, pourtant je voudrais me tourner et l'accueillir avec un sourire. Pourquoi je n'ose pas ?

Je ne suis qu'une trouillarde.

Si moi je remarque la culpabilité dans ses yeux, lui aussi lira la mienne. Daniel a couché avec l'une des nanas, mais il se doutera que j'ai fauté avec Nate.

Je sens son genou appuyé contre le cuir du canapé. Je me courbe encore plus sur l'ordi. Peut-être qu'il va parler le premier ? Râler ? Plaisanter ?

Mon cœur s'emballe. J'attends qu'il fasse le premier pas.

Rien.

Daniel soupire, puis s'éloigne… Peut-être que j'ai manqué une occasion.

# 30

## PLUS RIEN À SE DIRE

— T'es sûre que ça va ? me demande Nate quand j'ouvre la portière de sa voiture.

J'avoue que la journée a très mal commencé : mon réveil n'a pas sonné (ou je ne l'ai pas entendu, allez savoir), mon jean préféré a disparu, aucune odeur de pancakes dans l'appart… et pour cause, pas de cuisinier aux fourneaux. Daniel était déjà parti. Ce connard de fiancé ne m'a même pas attendue.

Je l'ai maudit pendant dix minutes jusqu'à la cinquième génération, et je me suis décidée à appeler Nate.

— Je nage en plein conte de fées, je grogne. Démarre, s'il te plaît.

Nate ne m'interroge pas davantage. Près du campus, il me dépose avant d'aller se garer. Comme personne n'est en vue, pas même Cara, je traîne devant l'entrée jusqu'à ce que Nate me rejoigne.

— Tu dînes avec moi demain soir ? murmure-t-il.

Son audace m'amuse.

— Non, Nate ! On a dit pas en public.

— Chez moi. Plateau-repas devant la télé. Je te ferai des lasagnes. C'est ma spécialité. Ça te va ?

Encore un cuisinier. Ça ressemble à une soirée avec Daniel, mais je me garde bien de le lui faire remarquer.

— OK ! J'y vais, mon cours commence.

— Bye, Alex ! lance Nate avec un de ses sourires craquants.

Je m'attends à tomber sur Daniel dans l'amphi, mais il n'est pas à notre emplacement habituel. Il m'évite ? Le cours commence sans lui. La matinée se passe sans lui.

J'appelle Cara pour lui demander de me déposer en bas de chez moi. Elle accepte. Quand je l'aperçois dans la cour, elle est en grande conversation avec Simon. Encore. Je leur laisse cinq bonnes minutes avant de me pointer, Cara le salue et m'entraîne vers sa voiture.

— Alors ? Simon et toi, ça roule ? je la questionne, curieuse.

— Il est sympa.

— On dirait qu'il est bavard avec toi. Vous parliez de quoi ?

— De ma fête d'Halloween, de jeux, de…

— Tu t'intéresses aux jeux vidéo, maintenant ?

— Oui, depuis hier soir !

— Je vois !

Cara rougit, ce qui, contrairement à moi, ne lui arrive quasiment jamais. On n'arrête pas de papoter sur le trajet, ça fait du bien. Mais, une fois qu'elle m'a déposée devant chez moi, mon niveau de stress remonte : Daniel est peut-être déjà rentré.

Bingo, j'entends sa musique depuis le palier. J'entre dans le salon, il ne réagit pas et continue de chanter avec les Beatles. Trop c'est trop, on doit s'expliquer. Je coupe le son.

— Merde, Daniel, tu fous quoi ? Qu'est-ce qui nous arrive ?

Et je fonds en larmes. Il lève enfin les yeux vers moi. Lui aussi a l'air défait. Ça alors. Je le rejoins sur le canapé pour m'installer près de lui. Je suis incapable d'arrêter de pleurer. Doucement, j'appuie ma tête sur son épaule. Il ne me chasse pas, au contraire. Nous restons un long moment dans cette position, ni l'un ni l'autre ne remue pour se dégager. Mais aucun de nous n'ose se lancer pour parler. Comme s'il n'y avait plus rien à se dire.

# 31

## ÇA SE COMPLIQUE

Le lendemain matin, l'odeur de pancakes est revenue dans la maison. Chouette. Dans la cuisine, on ne discute pas, mais on reprend notre routine. Je prépare du chocolat chaud, Daniel me sert une assiette de pancakes bien arrosés de sirop d'érable. Assis l'un en face de l'autre, on mange en évitant de se regarder. C'est tacite, aucun de nous deux ne parle de ce qui s'est passé à Halloween.

Nous partons ensemble à la fac, la journée de cours s'enchaîne. En fin d'après-midi, je vais directement chez Nate, autant commencer ma soirée avec lui sans faire un saut au penthouse, où l'ambiance est sordide.

Nate n'a pas chômé, son plat de lasagnes est prêt, la table est dressée, il y a même une fleur dans un verre et des serviettes propres dans les assiettes. C'est très raffiné.

— Je t'ai déjà dit que je craquais pour les mecs en tablier de cuisine ?

Nate éclate de rire et m'attrape par la taille.

— Je t'ai déjà dit que je craquais pour les filles qui rougissaient ? répond-il en me mordillant le lobe de l'oreille.

Un frisson me parcourt l'échine.

— Tricheur !

— Chatouilleuse ?

— Oui. Alors, tes lasagnes, on se les mange ? Je crève de faim.

— J'espère que tu vas aimer.

Son plat est divin, cela fait un bail que je n'ai pas avalé de la nourriture cuisinée maison. Mis à part la pâte à pancakes que Daniel prépare lui-même, c'est le royaume du McDo, du chinois ou du japonais à emporter à l'appart.

Pendant le repas, Nate me parle de ses cours, du livre qu'il est en train de lire, je lui raconte le dernier chapitre de *Paravents* (qui n'a pas avancé depuis trois jours). Après le dîner, je commence à débarrasser, mais il refuse parce que je suis son « invitée ». Une fois que tout est rangé, on retourne au salon.

— Merci, Nate, c'était super bon. Je reviendrai !

— T'avais peur que je t'empoisonne ?

— C'est à cause de Cara. Elle m'avait juré que, la cuisine, c'était son truc. Je l'ai laissée nous préparer des lasagnes, j'ai vomi toute la nuit.

— Ma pauvre ! Je refuserai de dîner chez elle la prochaine fois qu'elle m'invitera.

— Vous vous voyez souvent ?

— On se croise dans l'escalier.

— Oooh !

— Ce n'est pas ce que tu crois. Elle me pose des questions sur Simon.

— Ah oui, j'ai remarqué qu'il lui plaisait.

— C'est réciproque, mais Simon n'ose pas faire le premier pas. Il la trouve trop bien pour lui… Faut avouer qu'elle est canon.

— Pourquoi tu ne sors pas avec elle si tu l'apprécies autant !

— Je ne suis pas intéressé.

— Tu as quelqu'un d'autre en vue ?!

Sa réponse arrive sous la forme d'un baiser. Sympa ! On s'installe sur le canapé avec le dessert. Nate choisit un film d'action que je n'aime pas trop, mais je m'en fiche, je me cale contre lui, je ferme les yeux… Pendant quelques secondes, j'imagine que ce sont les bras de Daniel qui m'enlacent. *Gloups*, la honte. Qu'est-ce qui m'arrive ? Si je continue comme ça, je vais faire du mal à Nate.

— Tu es sûre que tu es bien ? me demande Nate.

Je sursaute. Ce mec a des antennes, c'est dingue.

— Désolée, je pensais à autre chose.

— Pas de souci.

Bon Dieu, pourquoi Nate est-il un ange qui me pardonne tout ? Je voudrais qu'il râle, qu'il s'énerve après moi d'être si capricieuse et d'humeur changeante. Je ne le mérite pas.

— Remets-toi contre moi, dit-il encore.

Je suis incapable de goûter ce moment avec lui, c'est pourtant ce que je cherchais depuis le début. Nate est gentil, affectueux, on est bien ensemble… Non ? Il m'embrasse sur le front, descend vers ma joue… Je ne mérite pas non plus ses baisers. Ses yeux chocolat plongent dans les miens, me fixent avec une intensité telle, une confiance telle, que j'en tremble. Nate murmure maintenant des douceurs à mon oreille. Ses lèvres voyagent jusqu'aux miennes.

J'attends. Son baiser est d'abord tendre, langoureux, puis le feu jaillit, la langue de Nate s'immisce entre mes dents à la recherche de la mienne, ses doigts se glissent sous mon T-shirt. Non ! Je ne peux pas.

— Pardon, Nate… C'est impossible, je dois…

Je me lève, Nate tente d'attraper ma main, mais je la retire.

— Désolée… Vraiment désolée.

Et je m'en vais en courant.

# 32

## MONTAGNES RUSSES ÉMOTIONNELLES

Mon portable vibre pendant tout le trajet du retour, je ne décroche pas, je ne lis pas les messages. Je n'arrive pas à croire ce qui vient de se passer, je me suis sauvée comme une voleuse.

Quand je me gare en bas de la maison, je suis en vrac et j'ai une tête à faire peur avec mon mascara qui dégouline en longues traces noires. Je respire plusieurs fois à fond avant de sortir de la voiture. Ça va mieux. Le numéro de Nate s'affiche encore, je décroche cette fois-ci.

— Aaa-llôôô, je bégaye.

— Bon Dieu, Alex, t'es où ? Ça va ?

*Non, ça ne va pas, je ne te mérite pas, je ne sais plus ce que je ressens pour toi.*

— Euh… Devant chez moi.

— Je croyais que tout allait bien entre nous, mais je me suis planté, c'est ça ? J'aimerais comprendre où j'ai foiré, Alex.

— Non, ce n'est pas toi. C'est juste que j'ai besoin de temps pour réfléchir, Nate.

— Réfléchir à quoi ?

— Des trucs.

— Je vois.

— Non, tu ne vois pas ! Pardon, je te rappelle demain, OK ?

— Alex, tu…

— Désolée.

Et je raccroche. Je monte jusqu'à notre étage, mais je suis incapable d'entrer. Je me laisse glisser sur le sol, sur notre paillasson. Une crise de larmes me secoue à nouveau. Je reste là un bon moment, je crois même que je m'endors, parce que j'ai la nuque raide et les fesses en compote quand j'émerge.

Je suis un désastre ambulant.

Je file dans ma chambre pour me laver le visage. Il me faut aussi un café bien fort pour me remettre les idées en place. Daniel sifflote dans la cuisine, affairé à ses fourneaux, comme d'hab. Les pancakes du matin, ça au moins, c'est une constante dans ma vie.

Dès que Daniel m'aperçoit, il lève ses yeux bleus sur moi, une myriade d'émotions contradictoires me parcourt l'échine.

— Tu bouffes ici ?

Sa question brutale me ramène sur terre. C'est la plus longue phrase qu'il ait prononcée depuis Halloween. Je préfère ne pas répondre. Daniel attaque son petit déjeuner comme si de rien n'était. Je n'en reviens pas qu'il soit si calme et détaché. Au bout de plusieurs minutes, comme je ne mange pas, il me regarde à nouveau.

— Quoi ? demande-t-il.

— Qu'est-ce que t'as foutu à Halloween, connard ?

— Tu as retrouvé l'usage de la parole, chérie ?

— Dit celui qui la boucle depuis deux jours. C'est quoi, ton problème ? Pourquoi tu t'es barré de la soirée sans m'attendre, et avec deux grognasses en plus ?

— Parce que j'avais envie de m'amuser, chérie ? C'était le pied, enfin un peu de sexe, deux jolis petits culs à…

— Ta gueule, Kerrington ! Va te faire foutre !

Je suis sûre qu'il fait exprès de me blesser, il veut me voir souffrir, je le déteste. Mon tabouret se renverse quand je me lève.

— Non, chérie, tu restes ici ! Tu vas m'écouter comme une grande. C'est trop facile de fuir au premier problème. Trouillarde.

— Pardon ? C'est moi la trouillarde alors que tu n'oses même pas affronter ton père ? Il se passe quoi entre vous deux ? Chaque fois qu'on parle de lui, tu rentres dans ta niche. T'es un loser qui se débine à la première alerte, Kerrington. Tu alignes les nanas pour te voiler la face.

— Tu ne sais même pas ce qui s'est passé à Halloween.

— Alors dis-le-moi, bordel ! Comment ça a pu déraper à ce point pour qu'on en arrive là ?

— Tu l'as embrassé, putain ! hurle Daniel, fou de rage. *Tu* as tout foutu en l'air, Alex.

On entend soudain une mouche voler. J'ai l'impression d'avoir reçu une gifle en pleine figure.

— Comment t'es au courant ? je murmure.

— Je te cherchais, j'ai croisé Simon, il t'avait vue suivre Nate. Je suis monté sur la terrasse. Tu étais là avec… lui.

J'ai presque un vertige tellement j'ai honte.

— Je savais qu'il te tournait autour, mais jamais j'aurais imaginé qu'il oserait tenter quelque chose avec toi alors qu'on est fiancés. Je voulais balancer ce sale enfoiré par-dessus bord. Il te tripotait, fourrait sa langue dans ta bouche. Il ne te mérite pas, tu piges ? Ce mec n'a même pas le droit de poser les yeux sur toi.

— Qui a le droit, alors ?

Daniel marmonne, je ne comprends rien.

— Qui ? je hurle.

Pas de réponse. C'est inutile, je la connais. Daniel s'imagine être le seul à pouvoir disposer de moi.

— Je t'ai entendue lui proposer de vous retrouver en secret et que je n'en saurais rien, que je faisais sûrement pareil de mon côté. Du coup, je suis redescendu pour choper les deux nanas. J'avais besoin d'oublier toute cette merde… de t'oublier, toi. Ça a marché quelques heures, mais, quand je suis revenu ici, tout m'est retombé dessus. Je le revoyais en train de te toucher, de te serrer dans ses bras. Putain ! C'est pour ça que j'étais incapable de parler, encore moins de te regarder, Alex. Je ne voulais pas non plus que tu saches combien je souffrais… à cause de toi. Je n'aurais pas dû coucher avec ces filles, mais c'était la seule façon pour moi de te sortir de ma peau.

Ouah. Je suis scotchée.

— Ça a marché ? je demande doucement.

— Non. Je n'arrête pas de penser à toi, murmure Daniel.

— Je suis désolée, je n'aurais jamais dû embrasser Nate… Même si c'est lui qui s'est jeté sur moi.

— Apprends le self-control, suggère tristement Daniel.

— Pardon… Tu aurais dû m'en parler avant.

— Tu aurais avoué ce qui s'est passé avec Nate ?

— Euh… non.

— Du coup, je ne t'aurais pas parlé des nanas.

Le silence retombe entre nous deux.

— Pourquoi est-ce qu'on se fait tant de mal ? je demande alors.

— Parce que, toi comme moi, on refuse d'ouvrir les yeux, Alex.

— Sur quoi ?

— On est amoureux.

# 33

## MANIPULÉE ?

*Daniel + moi = amoureux.*

Trois mots, une tonne d'emmerdes. Ça infuse au compte-gouttes dans mon cerveau alors que Daniel ratisse nerveusement sa tignasse. Le signe d'un stress intense chez lui.

— Impossible ! C'est Nate que j'aime !

— Tu crois l'aimer.

— Qu'est-ce que tu en sais ?

— Tu te jettes dans ses bras, tu reviens de chez lui en pleurant parce que tu doutes, Alex. Tu t'interroges, tu n'arrives pas à t'avouer que c'est moi que tu aimes. Simplissime.

— Ben tiens. Toujours aussi prétentieux, Kerrington. Je te déteste depuis le premier jour où je t'ai vu au Kitchen Basilic, t'as oublié ?

— Tu m'aimes, chérie, répète Daniel.

— Un manipulateur égoïste, égocentrique et connard ? Jamais !

— Connard ? Je t'ai connue plus originale, Alex.

— Fous-moi la paix, tu ne sais pas comment je fonctionne.

— Ah oui ? Approche, chérie.

Je recule d'un pas. Daniel m'attrape par la taille et plante ses yeux de braise dans les miens. J'ai l'impression de griller sous la chaleur.

— Je te connais parfaitement, Alexandria Wood, murmure Daniel.

Il se place derrière moi, me coince contre son corps. D'une main, il enlace mon ventre, de l'autre, il caresse ma nuque.

— Tu es aussi folle de moi que je le suis de toi, ma chère Alex… Quand je te frôle, tu frissonnes, quand je t'observe, tu rougis, quand je te touche, tu ondules, souffle-t-il en écartant mes cheveux.

Sa bouche suit maintenant la ligne de mon cou. Sa voix rauque, son contact aussi léger qu'une plume me liquéfient, m'électrisent. Qu'est-ce qui m'arrive ?

— Tu manques de t'évanouir chaque fois que je sors de la salle de bains, chérie, poursuit Daniel en traçant le contour de mes lèvres avec l'index.

— Tu te trompes, je bégaye en essayant de me dégager.

— J'ai raison, chuchote Daniel en me retournant comme une crêpe.

Je dois faire un effort de malade pour m'écarter de ses lèvres, de ses mains, de sa chaleur qui irradie, de son magnétisme qui m'attire.

*Alex, réagis ! Ce mec a confirmé qu'il s'était tapé deux greluches à la fois.*

Cette pensée me fait l'effet d'un jet d'eau glacée.

— Laisse-moi. Je ne veux pas.

— Pour l'instant, chérie ! Un jour, tu me supplieras, dit-il avec un clin d'œil appuyé.

Je pars m'enfermer dans ma chambre, l'esprit plus que perturbé.

Au bout de vingt minutes et d'une longue douche pour me débarrasser de l'odeur de Daniel sur ma peau, je téléphone à Cara et lui raconte. Elle trouve ça hyper-chaud.

— Daniel, l'expert du sexe. On dirait qu'il s'y connaît en tortures jouissives !

— Arrête, c'est dégueu. Je te rappelle qu'il vient de se faire un plan cul à trois.

— Pendant que tu t'occupais avec Nate sur la terrasse, ma belle !

— C'est différent, je sors avec Nate.

— Et, dès qu'il t'approche, tu pars en courant !

Je soupire. Mon amie a raison, je suis complètement paumée, comme d'habitude.

— Qu'est-ce que je dois faire, Cara ?

— Appelle Nate.

— Pour dire quoi ? « Salut, Daniel est persuadé que je vais lui tailler une pipe avant le coucher du soleil », c'est ça que tu veux ?

— Bouffonne, dis la vérité. Ton histoire avec Nate n'ira nulle part si tu mens tout le temps. Pigé ? Je te rappelle dans dix minutes pour vérifier.

Elle raccroche. Du Cara tout craché pour me secouer le cocotier. Nate doit savoir, mais quelle vérité ?

Je prends une grande inspiration, je cherche son nom dans les contacts, j'appuie sur son numéro. Il répond à la troisième sonnerie.

— Salut, Nate. C'est moi.

— Salut.

— Nate… Je sais que tu es fâché. Je tenais quand même à te dire que ton dîner était super, j'ai passé une soirée sympa…

— Jusqu'à ce que tu te sauves en courant.

— Euh… Je suis une fille compliquée, je ne sais pas toujours ce que je veux. Je fais des erreurs aussi. Je n'aurais pas dû partir comme ça. Je te promets de me rattraper.

— Comment ?

J'entends dans sa voix qu'il se déride enfin.

— Tu fais quoi ce week-end ? je demande.

# 34

## MENSONGES, MENSONGES

Pancakes et chocolat chaud comme chaque matin, sauf que la flamme de notre complicité est éteinte en ce début de journée. Le petit déjeuner se déroule dans un silence pesant.

Dès que je fais mine de quitter la pièce, Daniel m'interpelle d'un ton acerbe :

— Tu vas retrouver Nate ?

— Mêle-toi de tes affaires.

— J'ai le droit de savoir avec qui baise ma fiancée. Et, si c'est avec lui, je te rappelle que c'est une méga-connerie.

Sa grossièreté me choque, mais ma « connerie » va l'aider à se détacher de moi. Ce sera plus simple pour tous les deux.

— Laisse tomber et tourne la page, Daniel.

— Évite les paparazzis, chérie. Le contrat continue entre toi et moi, poursuit-il comme s'il n'avait rien entendu.

Nate passe me chercher en bas de la maison dix minutes plus tard. Je le trouve moins souriant, plus réservé. Il ne tente aucun geste pour m'approcher. J'espère réussir à recoller les morceaux.

— Salut, Nate.

— Salut. La forme ?

— Écoute, Nate, à propos de l'autre…

— C'est bon, tu t'es déjà excusée… Tu es sûre de vouloir m'accompagner ?

— Oui.

Nate pousse un soupir de soulagement. Quand je pose ma main sur la sienne, je sens qu'il hésite à la retirer. Pour l'instant, je ne sais pas comment briser cette glace invisible qui nous sépare. On roule en silence jusqu'à la maison de sa grand-mère, dans une banlieue que je ne connais pas.

— Ouah, c'est mignon ici ! je m'exclame quand il se gare.

— La maison appartenait à mon grand-oncle, j'en ai hérité à sa mort. Ma grand-mère a déménagé ici pour être plus près de Boston.

L'intérieur est aussi soigné que le jardin. Je reconnais Nate enfant, sur des photos de famille accrochées au mur de l'entrée. La plus drôle est celle où il sourit jusqu'aux oreilles sans dents de devant ! J'éclate de rire.

— Tu étais déjà charmant !

Il rougit, mais se détend enfin. Nous montons à l'étage, car sa grand-mère est alitée, m'explique Nate.

— Bonjour, grand-mère !

— Nathaniel ! Approche, mon grand… Oh, tu m'as amené une visiteuse.

— Oui, c'est Alex, une amie.

— La fameuse Alex ! Ravie de te rencontrer, Alex.

— Moi aussi. Bonjour, madame.

— Appelle-moi Pepper, ça me rajeunira.

— Bien sûr, mada… Pepper ! Vous vous sentez mieux aujourd'hui ?

— On s'en fiche, Alex, il y a Danielle pour ce genre de question.

— Son infirmière, me précise Nate.

— Comment tu trouves mon petit-fils ? reprend Pepper.

— Grand-mère, tais-toi !

— Il sait très bien cuisiner les lasagnes ! je réponds.

— Tu peux me dire merci, jeune fille, c'est moi qui lui ai appris.

— Merci, Pepper !

— Bien élevée, polie et mignonne, elle me plaît, s'amuse encore Pepper.

— Grand-mère, tu es déchaînée, tu as mangé du lion ? Ce n'est pas à toi qu'elle doit plaire !

— Tant que je serai vivante, je donnerai mon avis, fiston. Fourre-toi ça dans la caboche. Et prends exemple sur Alex, elle sait se tenir.

— Je vous assure que votre petit-fils a de très bonnes manières. Avec moi, en tout cas !

— Ça ne m'étonne pas, il aime les blondes bien roulées !

— Grand-mère, tu me fais honte ! explose Nate. Je descends me servir un verre, j'en ai besoin. Alex, je te prépare quelque chose ?

— Non merci, ça ira.

— Tu es sûre que tu ne veux pas venir avec moi ?

— Nate, fous-lui la paix ! s'exclame Pepper. Quel pot de colle, celui-là.

J'éclate de rire. Nate referme la porte, la mine contrite. Il n'avait pas menti, sa grand-mère a un sacré tempérament. Pepper me demande d'ajouter un oreiller derrière son dos pour se redresser. Une fois réinstallée, elle me fixe en fronçant les sourcils.

— Euh… Un problème, Pepper ?

— Oui. Qu'est-ce que tu fiches avec Nate ? Je t'ai vue à la télé, tu es la fiancée du rejeton Kerrington.

*Bing, la question qui tue, je ne l'avais pas prévue, celle-là.*

— Tu te moques de mon petit-fils, Alex ?

— Non, madame, je vous assure que…

— Je t'écoute, Alex. Je sais que Nate tient beaucoup à toi, il me l'a dit à plusieurs reprises, mais j'ignorais que tu étais engagée… Et je te sens tiraillée, c'est le moins qu'on puisse dire. Tu es amoureuse d'un autre ?

*Décidément, je suis un livre ouvert, il n'y a que moi qui suis incapable de me lire.*

— Je… Je…

Mes larmes montent.

— Parle à Nathaniel, ne le fais pas mariner, Alex. Dis-lui la vérité. Ne prolonge pas ce mensonge.

# 35

## LE CŒUR EN MIETTES

Je digère les paroles de Pepper. Bien sûr que c'est vrai. Nate s'est toujours montré attentionné, à l'écoute, aux petits soins avec moi. Nous avons des goûts communs, et c'est principalement pour ça que je l'aime bien, mais je ne suis pas amoureuse de lui. Quelque chose me retient, m'empêche de céder à Nate, et je vois enfin de qui il s'agit : Daniel. Je refusais de l'admettre, je suis même allée jusqu'à m'enticher de Nate, ma bouée de sauvetage, pour me détourner de Daniel. Maintenant, je suis littéralement terrifiée d'ouvrir les yeux sur mes sentiments. Daniel est comme un épouvantail à moineaux qui s'agite devant moi.

Je dois parler à Nate, cesser ce jeu dangereux, je n'ai pas le droit de le faire souffrir. Je me déteste d'avoir été si égoïste et aveugle.

— J'ai raison, n'est-ce pas ? dit encore Pepper.

Je ravale mes larmes et j'acquiesce. Le plus dur reste à faire. Je me demande comment je vais aborder ça avec

Nate. En tournant la tête vers la porte, je constate avec horreur qu'elle est entrouverte. Nate est là.

L'heure qui suit est un enfer. Nate entre avec une tasse de café pour Pepper, il s'installe de l'autre côté du lit. Si seulement il pouvait s'énerver, me chasser de la maison, mais non, ce n'est pas son genre. Il évite simplement de croiser mon regard et reprend la conversation avec sa grand-mère, qui est bavarde comme une pie. Elle est également très drôle, je ris malgré le stress qui me pétrifie. Je n'arrête pas de penser à ce qui va se passer quand nous repartirons d'ici. Mon esprit s'échappe souvent. Je continue de me raisonner, de douter aussi en songeant à mes longs échanges par téléphone avec Nate. Deux petites voix intérieures s'affrontent : « Ne le laisse pas tomber, il est trop chou ». « N'importe quoi, ça ne durera pas, tu n'es pas amoureuse. » Pepper bavarde encore pendant vingt bonnes minutes, puis annonce brutalement qu'elle est fatiguée.

— Du balai, les enfants, c'est l'heure de mon feuilleton !

Quand je me penche pour l'embrasser, Pepper me fixe de son regard bleu qui transperce.

— Je compte sur toi, murmure-t-elle.

— Promis.

Le trajet du retour est une torture, Nate n'ouvre pas la bouche, ses yeux sont scotchés à la route. Je tente de me lancer à plusieurs reprises, mais renonce chaque fois : ça ne sort pas. Nous arrivons en bas de chez moi. Nate gare la voiture. C'est maintenant ou jamais.

— Nate, il faut que…

— Je sais. J'ai entendu ce que disait ma grand-mère… C'est vrai, alors ? Tu aimes vraiment Daniel ?

— Je crois.

— Tu as traversé une période difficile, ce n'est peut-être pas aussi sûr que tu l'imagines. Tu as besoin de temps, j'ai bien vu que tu n'étais pas indifférente quand je t'embrassais… J'étais persuadé que ça marcherait, toi et moi.

Mon cœur explose en mille morceaux.

— Sincèrement, moi aussi, Nate. J'étais convaincue qu'on était faits l'un pour l'autre, que j'arriverais à me sentir proche de toi… Mais je me suis trompée, je dois arrêter de me mentir, de te mentir.

Nate détourne les yeux, mes larmes roulent.

— Je t'aime beaucoup, Nate, mais pas suffisamment pour que ce soit de la passion. Je suis désolée, je n'ai jamais voulu te blesser.

— Je n'ai pas réussi à te rendre heureuse.

— Si, tu es un ami formidable, sur qui je peux compter.

— Mais pas autant que sur Daniel, achève-t-il.

J'avoue que moi aussi, j'ai du mal à y croire : je haïssais Daniel jusqu'à la moelle, j'aurais pu l'écorcher vif.

— Je sais, Nate. Pardonne-moi.

— Le pire, c'est que je m'en contrefiche que tu sois amoureuse de Daniel. Je veux continuer d'essayer, Alex.

— Non, s'il te plaît, Nate. Cesse de te torturer.

— Si j'arrête, ça ne m'empêchera pas de penser que tu serais mieux avec moi.

Je soupire. Mon Dieu que c'est compliqué, l'amour.

— Tu mérites mieux que moi, Nate. Je suis une fouteuse de merde sentimentale.

— Je t'aime comme tu es, c'est comme ça, murmure-t-il.

— Et moi, je ne mérite pas d'être aimée autant. Un jour tu rencontreras celle qui sera digne de ton amour… mais ce n'est pas moi. Je suis désolée.

Nate déglutit péniblement, ferme les yeux, les rouvre.

— C'est vraiment fini ? demande-t-il.

Je secoue la tête, incapable d'articuler une parole de plus.

— On ne se parlera plus jamais ? reprend-il.

— Pas ça ! J'aimerais qu'on reste amis, si tu es d'accord, bien sûr.

— Ce sera dur au début.

— On peut se donner du temps ?

— Je préfère, oui… Peut-être que tu changeras d'avis, ajoute-t-il sur un ton faussement humoristique.

On s'attarde un peu dans la voiture, malheureux, sans dire un mot. Je me secoue la première.

— J'y vais. Bye, Nate.

— Salut, Alex.

J'ai les jambes en compote, elles me portent à peine. Quelle épreuve. Plus jamais.

— Alex ! Attends ! crie Nate par la vitre baissée. Tu l'aimes ?

— Daniel ?

— Oui, tu l'aimes ?

Cette question que je ne cesse de retourner dans ma tête. Est-ce que j'aime Daniel ? Je peux affirmer qu'il ne me laisse pas indifférente, mais est-ce de l'amour ? Aimer quelqu'un, c'est accepter tout ce qui le détermine, même le pire… C'est dur d'aimer inconditionnellement, presque impossible.

— Je ne sais pas. On verra.

— On verra, oui.

Nate démarre et s'éloigne.

# 36

## LES RÈGLES SONT LES RÈGLES

Quelle journée !

C'est le calme plat dans l'appart, pas de Daniel, rien n'a bougé depuis ce matin. Seul le répondeur du téléphone fixe clignote. J'appuie sur le bouton.

La voix de mon père.

*Bonjour, Alexandria. Je suis profondément navré que nous n'ayons pas réussi à discuter plus sereinement samedi soir. Tu nous manques… la maison est vide sans toi. Je sais que tu m'en veux, je comprends. J'aimerais que nous en reparlions si tu es d'accord. Thanksgiving arrive, ce serait une merveilleuse occasion de se retrouver tous les trois. Ta maman et moi prenons un jour de congé pour préparer ça. Ta présence serait un très beau cadeau. Appelle, s'il te plaît. Tu nous manques, ma chérie… Tu me manques. Je t'embrasse très fort.*

Je suis en larmes avant la fin du message. Quelle pleurnicheuse je suis devenue. Mais aussi, pourquoi a-t-il choisi la journée la plus pourrie pour me téléphoner ?

Déjà un mois que j'ai coupé les ponts, cela me pèse également beaucoup… Je décroche le combiné pour rappeler… j'hésite… non, j'ai besoin d'abord de faire le point. Je les appellerai demain. Une douche bien chaude me tente. Hop, j'y cours, puis enfile mon pyjama tout doux. Juste au moment où j'éteins la lampe de chevet, la porte d'entrée s'ouvre en bas.

C'est quoi, ça ? Je n'arriverai jamais à m'endormir si je ne descends pas vérifier. J'attrape ma batte de baseball cachée sous le lit avant de sortir à pas de loup. *Gling*. Bruit de verre cassé. Si c'est un voleur, il n'est pas doué.

— Brittany !

Ce salaud de Daniel vient de ramener une pouffe.

— Laisse-toi faire, susurre une voix féminine.

C'est quoi, ce délire ? Je descends quelques marches afin de surplomber le salon. Ils sont là, enlacés comme un sac de nœuds, titubant vers le canapé sans cesser de se rouler des pelles. Elle accroche ses longues jambes autour de sa taille, il pétrit ses fesses comme une miche de pain, elle lui mord l'oreille façon grosse vorace, il fourre son nez entre ses seins. Ben voyons. Je suis tellement choquée que la batte de baseball me tombe des mains.

La fille lui arrache sa chemise et commence à labourer son dos de ses griffes rouge vif. Ouah, je n'aimerais pas du tout… Daniel réagit enfin.

— Stop. Arrête ça, dit-il en la repoussant.

— Dany, laisse-toi…

— Non. Je ne peux pas. Rentre chez toi, s'il te plaît.

— T'es sérieux ? C'est toi qui m'as invitée, je te signale.

— Changement de programme.

— Connard.

Furax, Brittany rajuste son soutien-gorge puis renfile ses talons aiguilles.

— Désolé. Je n'aurais pas dû, j'ai la tête ailleurs, ajoute Daniel, à ma grande surprise.

C'est bien la première fois que Daniel refuse une partie de jambes en l'air, habituellement le sexe lui sert de potion magique pour oublier le reste.

— Vire mon numéro de ton répertoire, petit con, crache encore Brittany avant de sortir.

La porte claque, Daniel soupire, épuisé. Soudain, comme s'il avait senti ma présence, ses yeux bleus se braquent sur moi.

— Tu es là depuis le début ?

—…

— Ça te plaît de me voir souffrir ?

— De quoi tu souffres exactement ?

— De t'avoir dans la peau, Alex. De ne vouloir que toi. Je n'arrive même plus à toucher une nana. Alors oui, je souffre pendant que tu t'éclates avec Nate.

Décidément, la journée était loin d'être terminée. Les mots de Daniel me vrillent le cœur, je n'avais pas saisi à quel point je comptais pour lui.

— C'est fini avec Nate, je bafouille.

— Tu peux répéter, s'il te plaît ? murmure Daniel.

— Je… J'ai rompu. Tu avais raison, j'aime bien Nate, mais comme un pote. Rien de plus.

Et je recommence à pleurer pour la énième fois de cette journée interminable.

— Je suis nulle, je sanglote, je fais du mal à tous ceux qui m'approchent. J'ai laissé croire à Nate que je voulais sortir avec lui, alors qu'en fait je me voilais la face… à ton sujet. Je me déteste.

Daniel se radoucit et vient s'asseoir près de moi. Avec tendresse, il essuie mes larmes, écarte mes cheveux et tourne mon visage vers lui pour que je le regarde.

— Je ne mérite pas qu'on s'intéresse à moi, Daniel. Laisse-moi, tu vas encore souffrir. De toute façon, tu devrais me détester, je ne te mérite pas non plus.

— Arrête de te rabaisser comme ça. Tu es allée vers Nate parce que j'étais un vrai salaud qui te faisait peur. Oui, ça l'a sûrement blessé, mais tu t'es fait encore plus de mal.

— Je ne veux plus vivre de cette façon, Daniel. J'aimerais me sentir en confiance, être meilleure avec les autres. Avec toi aussi.

— Je t'aiderai !

— J'ai déjà l'impression que tu m'aides.

Je pose la tête sur son épaule, il glisse son bras autour de ma taille. On reste un long moment l'un contre l'autre. Je réalise alors que, même si on se chamaille souvent, Daniel et moi, on est aussi capables de se comprendre juste en étant là l'un pour l'autre.

Le lendemain matin, je me réveille le cœur plus léger, j'ai l'impression que mon horizon s'est éclairci. Faire un peu de ménage dans la vie, c'est bien.

Pour démarrer en beauté cette nouvelle journée, je décide de choisir un livre que je n'ai pas lu depuis longtemps. Je parcours les étagères de ma bibliothèque. Voilà, ce sera *Game of Thrones*, tome 1. Oh, la tranche est abîmée. Bizarre. Par définition, je suis très, très soigneuse avec mes livres. Celui-ci n'est peut-être pas le mien ? Quand je le sors pour le feuilleter, des post-it en tombent. Si, c'est bien le mien. J'inspecte l'étagère du dessus et je remarque d'autres reliures froissées, pliées, arrachées. La moutarde me monte au nez. Mes livres ! Mes bébés ! Au secours !

— Keeeeerrrrriiiiiiingtooooon !

J'attrape les preuves du délit, je descends quatre à quatre et les pose avec fracas sur la table de la cuisine. Daniel sursaute, le pancake qu'il retournait tombe à côté de la poêle.

— T'as pété une durite, chérie ?

— Espèce de dégénéré ! Mes livres, t'as osé toucher à mes livres !

— *Oups*… oui, enfin, non… Y a eu un petit problème.

— Un petit problème avec MES livres ? Explique-moi comment MES livres se sont retrouvés entre TES mains, Kerrington.

— Du calme, chérie, tu vas te rayer les cordes vocales.

— Je suis calme ! je m'égosille encore. Tu n'avais pas le droit de toucher à mes livres !

— Euh… J'étais énervé à cause de Nate, tout ça…

— Tu t'es vengé sur mes livres à cause de Nate ?

— Je n'ai pas supporté que tu le rejoignes. J'avais la liste des règles sous le nez, alors…

— Alors tu as foncé dans ma chambre pour passer ta frustration sur mes bébés, enfoiré.

— Hé ! C'est toi qui as commencé en sortant avec lui.

— Hypocrite ! Rappelle-moi ce que tu as fait à Halloween ?

Daniel remet deux pancakes à cuire pour éviter de me regarder en face.

— Pardon, marmonne-t-il.

— J'ai économisé deux mois pour me payer celui-ci, un tirage limité super rare… Celui-là était dédicacé par l'auteur… Je croyais qu'on avait franchi une étape hier soir.

— Excuse-moi, Alex. Je n'aurais jamais dû… Je me suis emporté. Si tu savais comme je regrette. J'irai les racheter, je te promets que je chercherai dans toutes les librairies de Boston jusqu'à ce que je les trouve tous.

J'avoue qu'il a vraiment l'air sincère, je suis sur le point d'accepter son offre quand soudain… je pense à un truc !

— Non, Kerrington !

— Comment ça, non ?

— Non. Tu as détruit des objets qui m'appartenaient, à mon tour ! dis-je en fixant les clés de sa voiture, posées sur le comptoir.

— Pas ça, tu n'oserais pas, répond-il, déjà blême.

— Si !

Je chipe les clés sous son nez.

— Nooooon ! Alex !

— Les règles sont les règles, mon cher !

# 37

## C'EST POUR ÇA QUE JE T'AIME

— Je me suis occupée de ta voiture.

Silence.

— Les portières sont rayées, le pare-chocs avant est défoncé, j'ai perdu la plaque d'immatriculation à l'arrière.

Silence.

— J'ai pris deux prunes aussi.

Silence.

— Tu en auras pour un peu cher de peinture, mais je connais un garagiste… Je me suis un peu lâchée sur ta caisse. Désolée.

— Oui, « un peu », maugrée-t-il entre ses dents.

— Si tu me le demandes gentiment, je participerai aux frais.

— Non, ça ira.

La pauvre voiture roule encore suffisamment pour nous amener jusqu'à la plage. Oui, nous avons décidé de passer la soirée au clair de lune, sur le sable, avec le ressac de la mer en sourdine. Ce serait presque romantique si Daniel oubliait que j'ai défoncé son joujou. Nous sommes quittes, même si la facture est salée pour lui.

— Je voulais m'en débarrasser, de toute façon, marmonne-t-il.

— Fais-la réparer, ce sera toujours moins ruineux que d'en acheter une neuve.

— C'est une Lamborghini, chérie, chaque pièce détachée coûte une blinde… Bref, je ferai raquer mon père, il me doit un cadeau de fiançailles ! plaisante Daniel.

Son petit clin d'œil craquant détend l'atmosphère tout en me faisant culpabiliser. J'y suis allée un peu fort dans les représailles.

— Désolée, Daniel. Je n'aurais pas dû.

— C'est moi qui ai commencé avec tes livres. Je n'aurais jamais dû.

Instinctivement, on se rapproche l'un de l'autre sans quitter la mer du regard. Je finis par poser la tête sur son épaule. Je me sens bien.

— Harry et ma mère m'amenaient souvent ici quand j'étais petit, dit alors Daniel. Elle n'était pas encore malade, ils étaient amoureux, on jouait pendant des heures… Je trouvais que, par rapport à d'autres, j'avais un beau-père sympa.

— Harry est ton beau-père ? Et ton père, il est où ?

— Il est décédé avant ma naissance. C'est arrivé dans l'incendie d'un immeuble. C'était son boulot de sauver les gens.

— Oh… c'est triste. Il est mort en héros.

— Oui. En sauvant une famille. Maman me répétait toujours que, là-haut, il était fier de moi.

— Elle avait raison.

— Non. Je n'ai rien fait de bien. Rien du tout. Je laisse mon beau-père me manipuler comme une marionnette, je suis un véritable salaud avec les filles, tu me l'as souvent dit. Je me déteste.

— Je ne te connaissais pas aussi bien qu'aujourd'hui.

— N'empêche que c'est vrai : je ne suis qu'un nul qui ne vaut rien.

— Non, Daniel, c'est faux. Je sais que derrière le dragueur il y a un passionné, un optimiste qui aime avec le cœur, qui ne s'avoue jamais vaincu, qui cherche toujours le bon côté des choses, qui joue de la guitare comme un dieu, qui écrit des chansons magnifiques. Et surtout, qui est toujours de bonne humeur quand moi je ne le suis pas ! Un chef cuisinier quatre étoiles de pancakes ! Ton père serait fier de voir ce que tu es devenu.

Daniel me dévisage sans y croire. Il ouvre la bouche pour parler, la referme, puis son visage s'éclaire.

— Voilà ! dit-il.

— Voilà quoi ?

— Voilà pourquoi tu me plais, Alex, murmure-t-il. Tu es une fille positive qui sait remarquer le meilleur de chacun, même chez un mec nul comme moi.

Son éloge me fait m'empourprer.

— Tu exagères, dis-je, en essayant de dissimuler ma joie sous une couche de nonchalance.

— J'adore aussi quand tu es têtue comme une mule, même quand tu reçois un compliment !

Cette fois-ci, je vire au rouge tomate. Daniel m'attrape le menton et plonge ses iris azur dans les miens.

— Alex, tu n'imagines pas à quel point j'ai envie de toi… Toi, dans mon pieu, à poil, rien que…

— Daniel !

— Je veux tout de toi, reprend-il en parcourant mon cou de ses lèvres chaudes. Ton esprit, tes sautes d'humeur, tes petits coups d'œil discrets, tes sourires, tes fossettes. Je pourrais te dévorer toute crue quand tu souris. Nate n'a aucune chance de te récupérer, tu es à moi.

Je me souviens que je dois respirer pour vivre.

— Il ne te méritait pas, poursuit Daniel. Moi, si ! Je suis tellement heureux d'être ici que la Terre peut s'arrêter de tourner, je m'en fous.

Encore un millimètre et nos lèvres se rencontrent. Embrasser Daniel. J'en meurs d'envie, je ne pense qu'à ça. Mais…

— Non, je ne peux pas. Je viens juste de rompre avec Nate, je ne peux pas te sauter dessus comme ça. Ce serait n'importe quoi.

Déçu, Daniel soupire, mais il ne s'énerve pas.

— Tu me comprends, n'est-ce pas ? Toi et moi, on est sur la même longueur d'onde, maintenant. Ça compte.

— Oui, ça compte, répond Daniel.

Je me glisse à nouveau sous son bras et me blottis contre lui. Les vagues continuent leur éternel mouvement, un spectacle apaisant. Daniel jette un coup d'œil à sa montre.

— On devrait rentrer, il est plus de minuit. Tu auras des cernes, chérie !

— Dommaaaage, c'était tellement bien ici.

Il m'aide à me relever. On cherche nos chaussures à moitié enfoncées dans le sable. Une première goutte de pluie atterrit sur le bout de mon nez.

— Zut, il va pleuvoir !

En quelques minutes, c'est l'averse. Avant même d'avoir rejoint la dune, nous sommes trempés. Daniel danse la gigue, je l'éclabousse en sautant dans une flaque, il m'attrape la main en riant et me tire dans une ornière remplie d'eau.

— Traître ! Mes baskets neuves, Kerrington !

Je le pousse dans la boue, il s'étale de tout son long, encercle mes jambes pour que je bascule sur lui.

— *Dancing in the rain*, baby ? chante-t-il. Je suis sûre que tu connais la suite.

— Tu ne m'auras pas ce soir, Kerrington !

— Un tout petit baiser… là…

Et il place ses lèvres chaudes suffisamment près pour que mon cœur s'emballe. Hum, c'est bon de tomber amoureuse.

— Viens, chérie, on rentre.

Nous repartons vers la pauvre Lamborghini, qui a triste mine sur le parking.

# 38

## LE MEILLEUR MOMENT

Le lendemain, on prend ma voiture pour aller au campus parce que Daniel a « trop honte de se pointer au volant de sa poubelle. J'ai une réputation à tenir, moi, madame ».

Je me tords de rire ! Côté réputation, celle de Daniel a du plomb dans l'aile. Mais monsieur se vexe, il tire la tronche durant le trajet puis pendant les cours, à tel point qu'une amie me fait passer un billet pour demander ce qu'il y a entre nous. J'enterre la hache de guerre en présentant mes excuses à Daniel, qui daigne alors remballer sa dignité blessée. Le problème, c'est que notre « querelle de fiancés » se déroule sous le nez de la prof, qui n'en peut plus de nos bavardages incessants.

— Daniel, Alex, fiancés ou non, j'aimerais que vos conciliabules de mariage aient lieu ailleurs que dans mon cours.

L'amphi éclate de rire, je suis mortifiée. Daniel s'excuse puis dépose un bisou sur ma joue, histoire d'amuser la galerie. L'enseignante soupire et reprend.

— Kerrington, tu seras fusillé à l'aube, je gronde entre mes dents.

En fin de matinée, on décide de se donner un peu d'air, je retrouve Cara, qui semble planer sur un petit nuage.

— Cara ? On dirait que t'as fumé un joint !

— N'importe quoi.

— Y a un mec là-dessous. C'est qui ?

— Personne.

— Cara ! Donne-moi ton portable, je vais trouver ! dis-je en lui arrachant son sac.

— Alex ! Rends-moi mon sac.

— Dis-le-moi d'abord.

— C'est Simon.

— Pas possible, vous avez déjà couché ensemble ?

— Merde, tu peux crier encore plus fort ?

— *Oups*, pardon.

— Ouais, pardon, ronchonne Cara. Je te raconte si tu m'offres un café. J'ai besoin de caféine.

On part en direction de la cafèt'. Je commande un triple expresso pour mon amie et un allongé pour moi, que le serveur apporte quelques minutes plus tard. Comme tous les hommes de plus de seize ans, il semble très intéressé par ma copine. Mais, une fois n'est pas coutume, Cara le remet à sa place vite fait bien fait.

— Alors là, je m'inquiète carrément, Cara. Tu es amoureuse ?

— J'ai embrassé Simon. C'était super. On a passé la journée à jouer aux jeux vidéo, je l'ai battu à deux reprises ! Il était impressionné.

— Et après ?

— J'étais fatiguée, je me suis allongée sur son lit, je lui ai demandé de me rejoindre. On a encore parlé de plein de trucs, et… je l'ai embrassé. Un baiser incroyable. Simon est différent des mecs que j'ai eus. Il est respectueux, il n'a pas cherché à me sauter dessus. Non, il me plaît beaucoup.

— Vous avez couché ensemble ?

— Je t'ai dit qu'il n'était pas comme les autres. Simon veut qu'on apprenne à se connaître avant.

— Hum, on dirait que cette fois-ci tu as décroché le bon ! Je suis vraiment contente pour toi, Cara.

— Merci. Parlons de toi. C'était comment avec Nate ?

— Ah… Euh, bof… On va rester amis.

— C'est fini, alors ? Je ne comprends pas.

— Tu devrais. C'est toi qui ne cessais de répéter qu'on n'était pas faits pour être ensemble.

— Bien sûr, mais je pensais que ça durerait un peu… Du coup, ça va ? Tu as le moral ?

— C'est plus clair dans ma tête.

— Au revoir Nate, bonjour Daniel, c'est ça ?!

— Ça se pourrait… J'ai eu un message de mon père. Il avait vraiment l'air désolé. Mes parents aimeraient que je passe Thanksgiving à la maison.

— Je croyais que tu viendrais chez moi.

— Je sais, mais…

— T'inquiète. C'est normal que tu ailles chez eux. Appelle-les pour confirmer.

Cara a raison, il est temps d'en finir avec cette vilaine bouderie qui me pèse. Finalement, sans mes parents, je n'aurais jamais découvert l'envers de la médaille Daniel. Je peux au moins leur être reconnaissante de cette partie-là de l'histoire.

J'attrape mon portable.

# 39

## UN HOMME TRANSFORMÉ

Entendre mon père répéter combien je lui ai manqué me réconforte plus que je ne l'aurais imaginé. Il me parle longuement, m'écoute avec attention et bonne humeur. J'apprécie.

Le reste de la journée passe en un clin d'œil tellement je plane sur mon nuage de réconciliation familiale. Je retrouve Daniel, appuyé sur ma voiture, à l'heure de rentrer. Alors que j'ouvre la portière, il se précipite et s'installe au volant.

— Dégage, Kerrington, c'est MA voiture, je conduis !

— S'il te plaît, chérie, je t'emmène quelque part.

— T'es sérieux ?

— Très, surtout quand je crève de faim ! Chinois, ça te tente ?

— Italien, pour changer.

— Sûrement pas, tu vas asperger ma chemise de bolognaise !

— Kerrington, je te hais !

— Mais non, tu m'adores, chérie ! dit-il en démarrant.

Au bout du compte, on coupe la poire en deux en choisissant de manger des sushis qui ne tachent pas. Après le dîner, Daniel insiste pour aller prendre un dessert ailleurs. Monsieur a besoin de sucré… En sortant du deuxième resto, comme je grelotte de froid, Daniel enlève sa veste et la pose sur mes épaules.

— Un vrai chevalier servant, Kerrington !

Une voix féminine s'exclame soudain, derrière nous :

— Pas possible !

C'est la rouquine larguée par Daniel à la fin de l'été.

— Du calme, dit Daniel.

— Tu me reconnais, salopard ?

Il ne répond pas, ce qui déclenche une bordée d'injures de la jeune femme. Elle me regarde alors.

— Évite ce sale type ou tu vas souffrir, ma jolie.

Ses paroles me causent un choc, parce que je lui avais donné ce conseil il y a trois mois. Mais Daniel a changé, n'est-ce pas ? J'en suis certaine.

— C'est mon fiancé, il m'aime. Je suis désolée qu'il t'ait fait du mal… Tu t'appelles comment, déjà ?

— Elaine.

— Je te prie de m'excuser, Elaine, intervient Daniel en tendant la main.

Elaine lève la sienne, mais, au lieu de serrer la main de Daniel en gage de paix, elle lui balance une gifle monumentale puis s'en va. Daniel se frotte la joue, où se forme une splendide marque rouge.

— T'as besoin d'une infirmière, Kerrington !

— Putain, la foldingue. Et ça te fait rire, toi ? marmonne Daniel.

— Reconnais que tu l'as bien cherchée, celle-là.

— Mouais… Cette nana m'en rappelle une autre.

— Qui ?

— Toi ! Le jour de la rentrée au Boston College.

— *Oups !* J'avoue. J'aurais dû te présenter des excuses.

— Non, je la méritais aussi, grogne Daniel. Je n'étais qu'un sale gosse pourri gâté qui piétinait tout sur son passage. J'étais paumé, c'est toi qui m'as ouvert les yeux, Alex.

— En progrès, élève Kerrington ! Mais tu pourrais faire encore mieux en faisant amende honorable auprès de toutes les nanas que tu as méchamment larguées.

— Non, tu ne veux tout de même pas que…

— Si ! On commence la tournée demain !

# 40

## LE VRAI MOI

Pendant près de deux heures, on répertorie via Facebook, Instagram et Twitter vingt et une filles envers qui Daniel a eu un comportement inadmissible. On trouve les adresses de douze d'entre elles (poster des infos perso sur le Net, quelle bande de tarées).

Le lendemain soir marque le début de la tournée d'excuses officielles. Je conduis parce que Daniel n'est qu'une boule de nerfs qui n'arrête pas de monter et descendre la vitre.

— Tu vas péter le mécanisme ! Cesse d'être aussi stressé, Kerrington.

— Je te signale que je vis mes dernières heures, là.

— Quel cinéma !

— Je n'ai pas envie d'y aller, grommelle-t-il.

— Je sais, mais c'est une façon de tourner la page sur l'infect Daniel Kerrington que tu étais.

— Pourquoi tu y tiens autant, Alex ?

Bonne question. Honnêtement, je n'y ai pas vraiment réfléchi. Est-ce que cela m'aidera à clarifier mes sentiments ? À oublier que je le détestais encore il y a quelques mois ?

Je me concentre sur la route, cela m'évite de répondre. Nous nous garons devant la maison de la première fille de la liste.

— Mélanie. Majeure depuis une semaine au moment des faits, tu as eu de la chance, Kerrington.

— Hé, t'es pas juge au tribunal, chérie. J'étais salaud, mais je ne sortais pas avec des mineures.

— *Ding dong !* Acte I, scène 1, Kerrington !

Une voix joyeuse répond « J'arrive ! ». La porte s'ouvre.

— Bonsoir, Mélanie, je m'appelle Alex. Mon fiancé voudrait te présenter ses excuses.

Daniel s'avance, blanc comme sa chemise.

— Toi ! s'exclame alors Mélanie.

— Je vois que tu te souviens de moi, marmonne Daniel. J'aimerais te demander pardon d'avoir été incorrect. Je suis désolé. Je n'aurais jamais dû.

Mélanie écoute à peine, elle lui flanque un coup de genou là où je pense. Daniel se plie en deux en grognant.

— Salaud ! Ne remets plus jamais les pieds ici !

Et elle nous claque la porte au nez.

— Ça ne s'est pas trop mal passé, je suis encore vivant, articule Daniel. C'est qui la suivante ?

— Euh, ça va aller, Daniel ?

— Oui, chérie. On savait bien que ce ne serait pas ma meilleure soirée. Autant s'en débarrasser. À qui le tour ?

— Scarlett Rivers. Tu te souviens ?

— Parfaitement. Elle m'avait mis un sacré coup dans les burnes. Espérons qu'elle visera ailleurs aujourd'hui.

C'est plus fort que moi, j'éclate de rire. À ce train-là, il ne va plus rester grand-chose de ses attributs !

Par chance, les visites suivantes s'avèrent moins douloureuses pour Daniel. Je m'interpose juste à temps quand l'avant-dernière fille tente le coup du genou bien placé. Les excuses sont plus ou moins bien acceptées, il y en a même deux qui nous proposent d'entrer boire un verre, mais on décline poliment. Affaire classée, nous rentrons.

— Quelle soirée, soupire Daniel. Plus que ravi que ce soit terminé, je me sens léger, ça fait du bien, chérie !

— Contente d'avoir pu t'aider.

On se prépare un plateau télé pour une soirée sur le canapé. J'attrape la télécommande, j'allume et… *pouf*, le noir total. Plus d'électricité. Daniel va regarder par la fenêtre.

— Panne générale dans le quartier. Soirée bougies, chérie.

On en allume plusieurs pour y voir plus clair, mais l'absence de bruits familiers me stresse.

— Approche, dit Daniel.

Je me blottis contre lui, sa main vient caresser ma nuque, ce qui me fait ronronner comme une chatte.

— Tu aimes, on dirait, murmure Daniel.

— Non.

— Toujours aussi butée, chérie !

— Chut, Kerrington.

Ses massages redoublent.

— Tu me rends dingue, chérie, tu le sais ? Tu m'as aidé comme jamais aujourd'hui. Tu as su aller chercher au fond de moi, traverser les murs que j'avais érigés depuis des années. Tu es la seule à être entrée… Je t'aime, Alex. Tu sens ? dit-il en me prenant la main pour la poser sur son torse.

Oui, son cœur galope, le mien aussi.

— Je sais que tu as encore besoin de temps pour oublier Nate, j'attendrai même si…

— Je ne veux plus que tu attendes.

Daniel sursaute et m'oblige à le regarder droit dans les yeux.

— Moi aussi, j'ai envie de toi, je murmure.

Voilà, je l'ai dit. Je lui donne mon cœur, maintenant je vais crever de trouille qu'il le brise en mille morceaux. Pourtant, je ne lis que de la sincérité dans ses yeux bleus. Ses bras m'encerclent, sa bouche parcourt l'ovale de mon visage pour y déposer mille baisers légers, je sens son souffle chaud sur ma peau frissonnante. Le plaisir me submerge. Je n'ai jamais connu pareille sensation.

— Tu es prête, chérie ? murmure-t-il.

Oui. Je le veux de chaque fibre de mon corps.

— Merci, mon Dieu, dit Daniel juste avant d'écraser ses lèvres sur les miennes.

# 41

## JE TE VEUX

À l'instant où il s'empare de mes lèvres, un feu d'artifice explose à l'intérieur de moi : le désir accumulé depuis des semaines. Pour lui. Lui que je veux, depuis que je sais qui il est vraiment. Lui qui déchaîne cette passion au fond de mon être.

Je glisse mes mains derrière sa nuque comme si je le voulais encore plus proche. Pourtant, il m'agrippe les hanches, nos langues se mêlent délicieusement.

— Alex, murmure-t-il en reprenant son souffle. Tu n'imagines pas à quel point j'attendais ce moment.

— Embrasse-moi, idiot !

Ses lèvres reviennent capturer les miennes pour un baiser savamment langoureux, inquisiteur, fouineur, doux. L'adrénaline court dans mes veines, ma peau se hérisse, les frissons me sillonnent.

Daniel saisit mon visage en coupe, je rouvre les paupières.

— Je te jure que personne ne m'empêchera de finir ce qu'on a commencé, Alex. Ce soir, tu es à moi.

Et nous replongeons dans un fantastique ballet où nos jambes, nos bras, nos souffles se mêlent. Daniel mordille chaque centimètre carré de ma chair avec délectation.

— Daniel... Maintenant, s'il te plaît.

— Ici ?

— Dans ta chambre.

— Tu lis dans mes pensées, chérie.

Il me soulève et me porte jusqu'à son lit. Je tire sur son T-shirt pour qu'il le retire. Ouah, les pectoraux ! Pour une fois, je suis aux premières loges. Ses baisers reprennent. Soudain, mon top s'envole. Instinctivement, je me couvre la poitrine, mais Daniel m'en empêche.

— Non, chérie, tu n'as pas à avoir honte. Tu es parfaite... Parfaite.

Daniel savoure ma peau en commençant au creux de mon épaule. Il écarte la bretelle de mon soutien-gorge, cherche mon approbation du regard. Oui, j'accepte. Lentement, il le dégrafe, libère mes seins.

— Alex, tu es sublime, murmure-t-il.

Je gémis de plaisir, chuchote son nom, plante mes ongles dans son dos. À chaque nouvelle caresse, il demande ma permission. Une fois que nous sommes entièrement nus, il s'interrompt encore :

— Tu es sûre ?

— Mais oui ! Tu veux une autorisation écrite ?

Il éclate de rire et tend le bras vers sa table de nuit pour attraper un préservatif.

— Daniel, je ne l'ai jamais dit à personne... c'est la première fois pour moi.

— Quoi ? Tu es vierge ?

Il est tellement surpris que je rougis jusqu'aux oreilles.

— Tu as forcément couché avec d'autres filles qui étaient vierges.

— Jamais.

C'est à mon tour d'être choquée : lui, le don Juan.

— Ce sera la première fois pour tous les deux, je reprends.

— Seulement si tu es d'accord. Je ne veux pas te bousculer, Alex, j'ai trop honte de ce que j'ai fait avant.

— Je m'en fiche, du passé. J'ai envie de celui que tu es aujourd'hui, Daniel, dis-je en l'attirant à moi.

— Et moi, je n'ai plus envie d'aller voir ailleurs, Alex, je te le jure.

— Pareil pour moi, Daniel. À partir d'aujourd'hui, tu es à moi.

Et, juste comme ça, on se jure fidélité.

Daniel reprend ses baisers tendres et doux. Sa délicatesse et la chaleur de son corps me rassurent. Ses lèvres sont partout, ses caresses déclenchent des ondes, des frissonnements délicieux jusqu'au plus profond de mon être.

Quand j'entends qu'il déchire l'emballage du préservatif, je retiens mon souffle. Daniel m'interroge encore du regard.

— Oui.

— J'ai peur de te faire mal.

— J'ai confiance en toi.

Il se fond en moi, lentement, sa délicatesse me bouleverse, m'attendrit. Je sens à peine la douleur, car le plaisir m'irradie aussitôt. Nos souffles se mêlent pour ne former plus qu'un, nos corps sont avides de se retrouver enfin après ces quatre mois passés à s'observer mutuellement. La sueur dégouline sur son dos, j'aspire son odeur. Nous sommes peut-être maladroits, novices l'un pour l'autre, mais passionnés, enflammés d'amour.

— Encore, Daniel, n'arrête pas.

Je l'implore d'une voix méconnaissable, Daniel accélère ses va-et-vient jusqu'à l'explosion finale.

Le courant est rétabli vers deux heures du matin, mais on est trop occupés pour s'en soucier. À huit heures, les rayons du soleil me sortent de ma léthargie. Je recale ma tête sur la poitrine de Daniel, instinctivement sa main se pose sur ma hanche.

— Tu n'es pas fatiguée ? demande-t-il, un peu comateux.

— Et toi ?

— Jamais pour ça !

Je soupire, remue la jambe, ce qui provoque un craquement sinistre sous le matelas.

— Daniel, je crois que ton sommier est fatigué, lui !

— Le lit est complètement pété, tu veux dire ! Alex, merci pour cette formidable nuit, reprend Daniel avec sérieux. Merci de m'avoir fait confiance.

— J'ai confiance de tout mon cœur.

— Tant mieux. Je le veux tout entier.

— Je suis à toi, Kerrington… Si tu veux de moi, bien sûr.

Daniel roule sur moi et m'emprisonne dans ses bras. Ses lèvres viennent se poser sur les miennes, légères comme des ailes de papillon. J'ai hâte que nous poursuivions. Son baiser est inquisiteur, comme s'il cherchait à me marquer de son empreinte. Sa main encercle mon sein, l'autre se glisse sous mes reins pour soulever mon bassin.

— Arrête-moi, chérie, ou bien tu n'iras plus jamais en cours.

— Si tu t'arrêtes, je me vengerai, Kerrington.

Il éclate de rire et fond derechef sur mes lèvres comme un oiseau de proie.

— D'accord, chérie.

Nous sombrons à nouveau dans un nuage de plaisir.

# 42

## PARFAIT

La première phrase de Cara quand je la retrouve au déjeuner, c'est :

— On dirait que tu as baisé H24.

Je plonge le nez dans le menu, histoire de l'apprendre par cœur.

— Bon Dieu, tu as baisé non-stop ! s'exclame-t-elle en rebondissant sur sa chaise.

— Chuuuuut.

— C'est super, t'as passé le cap de la première fois !

— Cara, tais-toi !

— Alex Wood n'est plus vierge, je suis trop contente ! hurle-t-elle en m'applaudissant. Ça va ? Tu te sens bien ? Tu l'as fait avec qui ?

Putain, cette fille et la discrétion. Je me lève et lui ordonne de me suivre à l'extérieur, où nous ne serons pas le centre de tous les regards moqueurs.

— Oui, je vais très bien, merci, Cara, je râle.

— Pardon, mais c'est super ! Qui est l'heureux élu ? De toute façon, je finirai par lui dire, alors…

— Daniel.

— Quoi ? Daniel Kerrington ? Le Daniel Kerrington que tu étais prête à massacrer l'été dernier ?

Je dois rougir jusqu'à la pointe des cheveux, parce que Cara éclate de rire.

— OK, Alex ! Vous êtes ensemble, alors ? Un vrai couple de fiancés ?

— Je crois.

— Comment ça, tu crois ? Tu es avec lui ou non ?

— Oui.

Je soupire. Cara ne lâche jamais.

— Il était temps que tu ouvres les yeux, ma belle ! s'exclame-t-elle. Daniel a été… performant ?

— Très performant ! Et très doux… Parfait.

En retournant vers le campus, j'aperçois Daniel avec Simon. Cara se précipite pour lui sauter au cou. Simon est transformé, il sourit et la prend dans ses bras. Ouah, ils sont mignons aussi, ces deux-là.

Daniel et moi repartons ensemble vers l'amphi.

— Alors ? C'était sympa ton déj avec Cara ? me demande-t-il.

— Je n'ai pas vraiment déjeuné, Cara était infernale. Elle voulait tout savoir.

— Sur quoi ?

— Sur nous.

— Tu n'as pas raconté *ça*. Si ?

— Disons qu'elle a deviné toute seule. Je crois que… j'avais l'air un peu différente. Les cheveux en bataille, les cernes… Désolée, Daniel. Je t'avais prévenu que c'était la première fois.

Il pose son front sur le mien, ferme les yeux, inspire profondément pour se calmer.

— C'est bon, chérie. Mais ces moments sont les nôtres, ceux que je partage avec toi. Ma petite amie.

*Oooh.*

— Tu peux le redire, s'il te plaît !

— Ma petite amie ?

— Oui !

— Toi, ma petite amie, Alex !

— Merci, Daniel, mon petit copain.

Il m'attrape le menton et m'embrasse sauvagement pendant de longues secondes. Quand il reprend sa respiration, je m'écarte enfin.

— Pardon, chérie, mais ta bouche me hurlait de l'embrasser.

— Je n'en reviens pas d'être avec toi, je soupire.

— Tu t'habitueras !

Je me rends compte alors que Simon et Cara sont aussi très occupés à se sauter dessus.

— Hé, Simon ! Ma copine ne se mange pas !

Daniel éclate de rire devant l'air penaud de Simon, mais Cara vole aussitôt à son secours. Ils partent de leur côté, bras dessus bras dessous, Daniel et moi en faisons autant.

# 43

## DANS TES RÊVES

À peine sommes-nous arrivés à la maison que Daniel me coince contre la porte et cherche mes lèvres. Insatiable, il me soulève pour que j'enroule mes jambes autour de sa taille. Fier de cette première victoire, Daniel me porte jusqu'à la cuisine, où il me dépose sur le comptoir. Entre deux mordillements délicieux et une onde de frissons renversants, je tente de le raisonner :

— Daniel… tu ne crois pas qu'on… devrait aussi… huuum, Daniel…

— Tu disais, chérie ? s'amuse-t-il sans cesser ses divines tortures.

Je m'oblige à faire un effort surhumain pour le repousser.

— Arrête !

— Pourquoi ?

— Parce que ton lit est en miettes.

— On est très bien ici, chérie !

— Utilise ta bouche pour me parler, Kerrington ! On doit apprendre à se connaître, sinon tu vas te lasser.

— Je ne me lasserai jamais de *ça*.

— Très drôle. Tu peux penser avec ta tête cinq minutes, mec ?

— OK, OK. C'est quoi, ta couleur favorite ?

— *Pfff,* lavande, tu le sais déjà.

— Précisément, chérie ! Je sais aussi que tu adores les livres, qu'il ne faut surtout pas en toucher un sans ton autorisation, encore moins froisser une page, que tu prépares le chocolat chaud comme personne, que tu as des goûts de chiottes en matière de séries Netflix, que tu n'aimes pas l'odeur du café mais que ton bistrot préféré s'appelle Le Café-inné, que tu te grattes l'oreille quand tu réfléchis, que tu détestes être interrompue quand tu écris ton roman, que…

J'écarquille les yeux. Comment diable a-t-il fait pour remarquer tout ça ?

— Tu vois, je te connais mieux que personne, murmure-t-il en caressant mes lèvres avec la pulpe de son pouce. Je sais ce que tu aimes, comment tu réagis, ce qui t'énerve, ce qui te fait rire. On vit sous le même toit, chérie, j'ai appris à te connaître. Tu es vraiment sûre qu'on ne peut pas reprendre là où tu nous as interrompus ?

Son petit sourire me fait fondre comme un marshmallow. J'en ai les larmes aux yeux de constater à quel point il s'est donné la peine de me découvrir.

— Merci, Daniel. Tu es parfait, je bredouille en me collant à lui.

— Toi aussi, chérie. Je peux ?

— Oui !

Sa langue revient chercher la mienne pour un ballet savoureux. Il me dévore, me goûte, me hume comme s'il était drogué de ma personne. J'entre dans son jeu, je lui retire son T-shirt pour sentir, effleurer sa peau sous mes mains. Daniel répond à mes caresses en me léchant le cou, je suis électrisée. Il se débarrasse de mon chemisier à la vitesse de l'éclair. La suite est un feu d'artifice de sensations et de frissons. Je ne sais pas comment, mais, après la cuisine, nous atterrissons dans mon lit.

Maintenant, je suis crevée. Daniel a les yeux fermés, mais il continue de me caresser délicatement le bras. Il est particulièrement tactile, comme pour s'assurer que je ne suis pas un rêve.

— Daniel, tu dors ?

— Huuumm.

— J'ai eu mon père au téléphone. Il m'invite pour Thanksgiving.

— Super. Tu vas y aller ?

— Oui. Tu m'as fait remarquer que c'était lâche de les fuir, j'ai beaucoup réfléchi à ça.

— Oublie. J'étais en colère, je ne voulais pas…

— Non, tu avais raison, Daniel. Il est temps que je pardonne à mes parents. Ils sont malheureux qu'on ne se voie plus. J'ai envie de recommencer avec eux sur de nouvelles bases.

— Bravo, chérie ! Je suis fier de toi.

— Tu iras chez ton père ?

— Non. Il n'y a plus de Thanksgiving chez nous depuis la mort de ma mère.

Je me serre contre Daniel, j'ai mal pour lui. Soudain, je suis dévastée à l'idée qu'il reste seul pendant que j'irai célébrer ce jour chez mes parents.

— Viens avec moi, s'il te plaît.

— Merci, Alex, mais non. Tu as besoin de recoller les morceaux avec tes parents, je ne veux pas m'imposer.

— Pas du tout. Et puis je suis sûre que mes parents seront rassurés de voir que tu es un gentil fiancé.

— Le mec idéal pour leur fifille adorée ! OK, chérie. Remercie-moi d'être aussi parfait !

— Dans tes rêves, Kerrington !

— J'y suis déjà, murmure Daniel en m'attirant à lui.

# 44

## PLUS DE RÈGLES

Avoir Daniel Kerrington comme copain n'est pas facile. Maintenant que nous sommes un vrai couple, la vie a bien changé dans le penthouse, surtout l'organisation des nuits.

J'avoue que, ces derniers temps, nous avons été très euh… occupés, du coup s'est posé un nouveau problème à régler : le choix des chambres. J'explique le scénario : Daniel me saute dessus, je finis par craquer, il me soulève dans ses bras, m'emporte, et je commence à râler.

— Dans ma chambre, Daniel, on était déjà dans la tienne hier soir. Tu n'aères pas, ça pue trop.

— On s'en fout, l'amour n'attend pas. Et puis mon lit est plus grand, je dors mieux après.

— Le mien est de la même taille que le tien.

— Alex, c'est ridicule de se disputer pour ça *maintenant*.

— Justement. Alors pourquoi tu refuses de le faire dans ma chambre ? J'en ai marre, de ces bagarres débiles.

— Moi aussi, chérie.

— Tu proposes quoi ?

— Un terrain neutre : la chambre d'invités du rez-de-chaussée. Il y a un canapé-lit.

On se précipite en bas, Daniel déplie le lit, qui est moelleux et encore neuf.

— Pourquoi on n'y a pas pensé avant ? demande Daniel en s'écroulant sur le matelas.

— Parce que t'es idiot !

— Parle pour toi, chérie !

— OK, on est deux idiots.

— Approche que je t'embrasse, ma belle idiote !

Fin du scénario sur les chambres.

Un soir, Daniel médite devant le réfrigérateur où se trouve toujours cette foutue liste.

— Interdit de débarquer dans ma chambre sans prévenir sauf quand ma princesse veut s'amuser avec son sexy boy ! s'esclaffe Daniel.

Je deviens écarlate et lui arrache le papier des mains.

— Interdit de ramener des filles dans l'appartement, je réponds, furieuse.

— Pardon, chérie, mais je n'ai pas couché avec elle, je te le jure.

— Mouais. Incroyable mais vrai.

Daniel me serre dans ses bras pour se faire (encore) pardonner. Je n'arrive pas à comprendre comment nous espérions contrôler notre cohabitation avec ces règles débiles. Notre relation a tellement évolué depuis.

— Et si on l'encadrait ? Après tout, cette liste est la première chose que nous avons réalisée à deux, je suggère.

— Oui, ça me plaît !

À présent, la feuille trône sur notre table de chevet, en souvenir.

Aujourd'hui, pour Thanksgiving, nous allons chez mes parents dans ma voiture. Je conduis, c'est plus sûr. Dès que je suis garée, papa sort de la maison pour venir à notre rencontre. Il a l'air super heureux, je me jette dans ses bras.

— Bonjour, ma fille ! Te voilà enfin !

— Papa, je suis désolée, je m'en veux.

— Moi aussi, Alex. Je suis désolé aussi. Tu m'as énormément manqué.

Maman accourt et me serre à son tour contre elle. Je pleure comme une madeleine. J'entends Daniel se racler la gorge derrière nous. *Oups*, je l'ai oublié.

— Papa, maman, Daniel m'accompagne, comme convenu.

— Ravi de te revoir, Daniel, lance mon père. Bienvenue chez nous.

— Bonjour, monsieur. Merci de m'avoir invité pour Thanksgiving, madame Wood.

— Appelle-moi Margareth, s'il te plaît, Daniel, et entre.

— Je vais chercher les sacs dans la voiture. Je vous rejoins tout de suite.

Très à l'aise, Daniel m'embrasse vite fait puis file ouvrir le coffre. Mes parents n'en reviennent pas et m'entraînent à l'intérieur.

— Vous jouez vraiment la comédie, même ici ? me demande maman.

— Euh… Non, on est ensemble. Pour de vrai.

— Quoi ? Et tu n'as rien dit avant de venir ?

— C'est assez récent. Et puis je te signale qu'on ne se parlait pas vraiment, ces derniers temps.

— Stop, Alex. Je t'en prie, je préférerais que…

— Margareth ! Alex ! appelle mon père.

— On arrive ! crie maman d'une voix suraiguë. Mais on reprendra cette conversation plus tard, ajoute-t-elle à mon attention.

Aïe, les retrouvailles familiales, ça promet…

# 45

## THANKSGIVING EN FAMILLE

Je cours aider Daniel, ce qui me permet d'échapper à ma mère. J'ignore quelle mouche l'a piquée et je n'ai pas envie de le savoir. Ce qui est bizarre, c'est qu'elle lance des coups d'œil froids comme la banquise en direction de Daniel, qui s'en est aperçu, évidemment.

— On dirait que ta mère ne m'apprécie guère, murmure-t-il quand nous montons l'escalier.

— Elle n'est pas habituée, je n'ai jamais ramené de garçon à la maison. Tu es le premier. De toute façon, ce qui compte, c'est que moi, je t'aime.

— Merci ! Avec ton père, c'est moins tendu. J'ai l'impression qu'il veut me parler de toi, en plus.

— J'en suis sûre, même. Prépare-toi, évite de dire des trucs trop cons, s'il te plaît !

— Tu me prends pour qui, chérie ?

— Pour Daniel Kerrington ! Viens, je te montre ta chambre.

— C'était prévu, ça ? Je ne dors pas dans la tienne ? J'aime ta déco rose bonbon, pourtant !

— Toi, c'est la porte suivante.

— On partage la salle de bains, au moins ?

— Dans tes rêves, mec !

Daniel m'attrape par la taille et me serre contre lui. Huuum, ses lèvres sont déjà à la recherche d'un carré de chair fraîche à mordiller, j'en frissonne de plaisir anticipé.

— Alex, j'ai besoin de toi ! Descends tout de suite, hurle ma mère dans l'escalier.

Daniel lève les yeux au ciel.

— Désolée, Kerrington, on remet ça, je te le promets.

Les deux heures suivantes se passent en préparatifs du repas de Thanksgiving. Je suis dans la cuisine avec maman, Daniel est dans la salle à manger avec papa. Chaque fois que je tends l'oreille pour savoir ce qu'ils se racontent, papa semble rigoler ou écouter Daniel. C'est bon signe.

— Ton fiancé me dit qu'il joue de la guitare, lance papa quand j'entre dans la pièce. Tu l'as déjà entendu ?

Je profite de sa question pour venir m'installer sur l'accoudoir du canapé, près de Daniel.

— Oui, il est très fort.

— Non, je me débrouille, précise Daniel avec modestie.

— Moi aussi, je jouais avant, n'est-ce pas, Alex ? dit papa, nostalgique.

— Papa était dans un groupe quand il avait seize ans, j'explique à Daniel.

— C'est loin tout ça… Margareth, la dinde sera prête à quelle heure ? crie papa.

— Bientôt ! Aide-moi à la sortir du four, le plat pèse une tonne.

Dès que papa a le dos tourné, Daniel me vole un baiser, c'est trop mignon.

— Ça s'est bien passé avec mon père ?

— Je crois. Il a dit que sa fille avait de la chance d'être tombée sur un fiancé comme moi !

— On se calme, Kerrington.

— On en reparlera au lit, chérie !

— Garde tes distances, mec, dis-je en le repoussant.

— Compris ? lance maman en entrant au même moment.

*Oups.* Décidément, ma mère est à cran aujourd'hui. Daniel s'écarte brusquement, gêné de s'être fait remonter les bretelles.

On s'installe autour de la table pour attaquer le repas. Mes parents se sont surpassés, chaque plat est un régal, mais l'ambiance reste tendue. Daniel mange en silence, mes parents ne posent plus aucune question. Il faut que je trouve le moyen d'adoucir ma mère, que peut-elle reprocher à Daniel ? Finalement, papa relance la conversation :

— Comment va ton père, Daniel ?

Zut, c'est raté pour le choix du sujet. Daniel s'étrangle à moitié avec un morceau de dinde.

— Bien, merci.

— Il nous a beaucoup aidés. L'activité de Wood & Co. a redécollé.

— Tant mieux, répond poliment Daniel.

— Transmets-lui nos salutations, s'il te plaît.

— Bien sûr. Je n'y manquerai pas.

— Et sinon, vous deux, comment ça se passe ? Bien, on dirait. Ce n'était pas la peine de faire tout un plat de ces fiançailles, Alexandria, dit alors mon père.

Je suis scotchée. Qu'est-ce qui lui prend de ramener ça sur le tapis ? Mais c'est le regard meurtrier que maman lance à Daniel qui me fait exploser comme une cocotte-minute.

— Arrête, maman, j'en ai marre ! Qu'est-ce que tu as contre Daniel ?

— Tu ne lis pas la presse ? On parle de lui partout. C'est un play-boy, un noceur qui ne t'arrive pas à la cheville et qui se fiche de toi, Alex ! s'exclame maman. Ouvre les yeux.

— Les journaux racontent n'importe quoi. Je connais Daniel.

— Tu vaux mieux que lui.

— Daniel est adorable, attentionné, drôle, et lui, au moins, il m'écoute quand je parle.

— Je suis ta mère, je sais ce qu'il te faut, Alex.

Sur ces mots, elle se lève brusquement et part dans la cuisine. Pendant cette passe d'armes entre elle et moi, je constate que mon père a soigneusement évité de participer à la conversation. J'en déduis qu'il est de mon côté.

— Papa, qu'est-ce qu'elle a ?

— Une vieille histoire douloureuse avant que je la rencontre, ma fille.

— Elle a peur qu'il ne m'arrive la même chose avec Daniel ?

— Je le crains…

# 46

## UN BAIN POUR SE DÉTENDRE

— Quel enfer, je soupire, une fois que nous sommes seuls dans ma chambre.

— Oui. C'est officiel, ta mère me déteste.

— Ça ne fait qu'une de plus ! je tente de plaisanter.

Daniel me regarde avec un air de cocker malheureux, je fonds.

— Donne-lui un peu de temps pour s'habituer, elle finira par ouvrir les yeux sur toi.

— Qu'est-ce qui te fait dire ça, chérie ?

— Moi ! Je te détestais, je t'adore.

— C'est vrai ? demande-t-il en me renversant sur le lit.

— C'est vrai.

Daniel s'allonge aussitôt sur moi, ses lèvres viennent écraser les miennes. Sa chaleur irradie en moi en un clin d'œil. J'entre en combustion quand ses mains écartent d'abord mes cuisses puis remontent sous ma robe. Je gémis, prête à l'accueillir. Mais ce monstre recule la tête et me dévisage d'un air gourmand :

— Pas ce soir, chérie !

Et il me recouvre chastement.

— Ta mère serait capable de m'arracher les yeux et… le reste, tu le sais bien ! Bonne nuit, chérie.

— Bonne nuit, Kerrington.

Ma chambre me paraît soudain lugubre quand il s'en va.

Le lendemain matin, on remballe nos affaires pour partir rapidement. En bas, maman est seule dans la cuisine, on dirait que papa s'est arrangé pour éviter le petit déjeuner familial. Daniel avale son assiette en vitesse et annonce qu'il va charger la voiture. J'ai l'impression que maman se détend une fois qu'il est sorti.

— Alex, excuse-moi pour hier. C'était stupide comme scène… j'étais stressée.

— Par quoi ?

— Je ne sais comment te le dire… J'aurais dû t'en parler avant, ton…

Daniel apparaît dans l'encadrement de la porte.

— Oui, maman, tu disais ?

— Rien. Ne t'inquiète pas. Allez-y, sinon vous aurez des embouteillages.

Elle a les larmes aux yeux quand elle m'embrasse.

— Je t'aime, ma chérie. Même quand tu en doutes.

Elle se tourne ensuite vers Daniel, qui a parfaitement senti son changement de comportement.

— Je te présente mes excuses pour hier soir, Daniel. J'espère sincèrement que tu ne briseras pas le cœur de ma fille.

— J'aime Alex. Faites-moi confiance, madame Wood, cela n'arrivera pas.

— L'avenir nous le dira, conclut-elle en lui tendant la main.

Papa débarque à ce moment-là.

— Vous partez déjà, quel dommage.

— Oui, papa, j'ai deux devoirs à rendre, il faut que je bosse. J'essayerai de revenir la semaine prochaine.

— Tes études avant tout, ma fille.

— John, tu ne crois pas que tu…

Papa la bouscule gentiment pour la faire taire. Bizarre, je suis sûre qu'ils me cachent encore un truc.

— Papa, tu es malade ?

— Je vais très bien. Rentrez vite, les amoureux. Daniel, j'espère te revoir souvent à la maison.

— Vous pouvez compter sur moi, monsieur !

Pendant le trajet du retour, je continue de m'interroger sur l'attitude mystérieuse de mes parents. Il y a anguille sous roche chez les Wood, mais de quel genre ? Je décide de me faire couler un bain pour me détendre. J'ajoute du gel moussant pour qu'il y ait plein de bulles. Juste au moment où je m'apprête à glisser un doigt de pied dans l'eau chaude, Daniel toque à la porte, mais entre sans attendre. Il est en tenue d'Adam, une serviette nouée autour de la taille.

— Oui, Kerrington ?

— J'ai cru que tu m'appelais !

Il referme derrière lui sans me quitter des yeux puis lâche le linge. *Woaaah*. Mains en l'air ! Je suis scotchée.

— À nous deux, chérie !

La suite n'est qu'une succession de découvertes surprenantes.

# 47

## QUAND LE CIEL VOUS TOMBE SUR LA TÊTE

Un matin, le facteur dépose une lettre ivoire dans notre boîte : c'est l'invitation au gala très chic de Harry Kerrington. Le truc dont tout le monde parle depuis deux semaines. Daniel m'a déjà traînée dans les magasins pour que j'achète une nouvelle robe, lui a prévu une cravate de couleur assortie.

Voilà pourquoi je suis devant mon miroir à essayer de me maquiller honorablement et sans tutoriel, parce que je n'ai plus le temps.

— Aleeeeeeeex ! appelle Daniel.

— Quoi encore ?

— On est en retaaaaaard !

OK. Fini de me pomponner. J'enfile mes talons et je me précipite dans l'escalier, où je manque de terminer en vol plané. Heureusement, Daniel me rattrape juste à temps. Il m'observe, essuie en rigolant une trace de rouge à lèvres qui déborde, et nous partons. Cette soirée me stresse, j'ai peur que ce ne soit une sorte d'examen de passage de la part de Harry. Comme d'habitude, Daniel s'en rend compte.

— Arrête de t'inquiéter, chérie, tout le monde va t'adorer, mon père le premier.

Et il profite d'un feu rouge pour m'embrasser l'épaule.

— Harry ne va pas forcément apprécier qu'on soit devenus un couple, non ?

— Pour une fois, je suis plus heureux que lui, jubile Daniel en me couvant du regard.

Nous arrivons. La demeure est grandiose, plantée au milieu d'un parc très joliment éclairé. On se croirait dans un film. Je ne savais pas que ça existait vraiment.

— Eh oui, mon père adore dépenser son argent, commente Daniel.

Vu le nombre de voitures garées, il y a déjà beaucoup d'invités. À l'intérieur de la maison, c'est la cohue de robes longues et de smokings. La moyenne d'âge est élevée aussi, je ne me sens vraiment pas à ma place ici. Quand j'aperçois un serveur avec un plateau de mignardises sucrées, je fonce vers lui. Chouette, des éclairs au chocolat, ça va me détendre.

Mon portable vibre, j'enfourne mes pâtisseries pour le sortir de mon sac. C'est un message de Cara :

*Il va y avoir un problème.*

Qu'est-ce qui lui prend ?

*Arrête de faire ta madame Irma ! TVB.*

*N'oublie pas que les mecs sont tous les mêmes et que j'ai toujours raison.*

*Daniel m'aime, on est fiancés, occupe-toi de Simon. Je t'aurai prévenue.*

Daniel revient avec deux mousses au chocolat, mon péché mignon.

— Tu es mon héros !

— Je sais ! Tu écrivais à qui ?

— À Cara. Elle dit qu'il va y avoir un problème.

— Entre nous ?

— C'est son grand truc, elle voit le mal partout chez les couples.

— Et elle se trompe souvent ?

— Des tonnes de fois.

Daniel éclate de rire, puis me propose d'aller danser. Il m'entraîne vers la piste, où évoluent déjà plusieurs couples. Le groupe joue un slow. Je pose la joue sur la poitrine de Daniel, il cale son menton sur ma tête et me serre contre lui. Depuis que nous sommes ensemble, c'est bruyant et fatigant, on se dispute autant qu'on s'embrasse, alors ce genre de temps calme est du pur bonheur. Je suis amoureuse de Daniel. Ce mec arrogant qui est entré dans ma vie comme une tornade dévastatrice, mais aujourd'hui j'ai appris à le connaître. J'adore son sourire, ses éclats de rire, ses caresses. J'adore son écoute, son discernement, sa confiance qui me rend plus forte.

— Rêveuse ?

Je voudrais lui dire que je l'aime. Allez, Alex, deux petits mots. Vas-y.

*Je t'aime.*

*Je t'aime, Daniel.*

Daniel détourne le regard, mon cœur chavire. L'instant de bonheur s'est envolé.

— Qu'est-ce qui se passe ? je demande.

— Mon père n'arrête pas de nous mater.

Visage fermé, épaules raides, Harry Kerrington nous fixe d'un œil noir.

— Il n'a pas l'air content du tout, je murmure.

— Il a pigé qu'on ne jouait plus la comédie.

— Daniel, va lui parler. Je sais que c'est dur pour toi, mais il le faut… Je suis avec toi.

Il m'embrasse tendrement avant de s'éloigner vers son beau-père. Je les observe à distance. Daniel s'adresse à lui avec assurance, celui-ci écarquille les yeux, fronce les sourcils, répond puis entraîne Daniel hors de ma vue.

Mon portable vibre à nouveau, mais je ne bronche pas vu que ce doit encore être Cara. La discussion entre le père et le fils s'éternisant, j'attrape une coupe de champagne pour m'occuper. Quelques personnes me félicitent pour nos fiançailles, ça m'aide à passer le temps. Le téléphone continue de s'agiter dans mon sac. Agacée, je le sors pour constater que c'était ma mère et non Cara.

Je rappelle.

— Maman ?

— Alex, enfin… Ma chérie, je suis désolée… Je…

— Tu pleures ? Qu'est-ce qu'il y a ? C'est papa ?

— Oui. S'il te plaît, viens. Il est…

Un voile me tombe devant les yeux, une sueur glaciale dégouline le long de mon dos.

— Ton père a eu un infarctus… C'est fini.

# 48

## RIEN NE SERA PLUS JAMAIS COMME AVANT

Voilà ce que mes parents me cachaient : la maladie de mon père, diagnostiquée il y a un an, après une première attaque alors qu'il était au bureau. Cela explique aussi pourquoi ils évitaient d'être à la maison en même temps que moi tout au long de cette dernière année.

Et dire que je ne voyais rien… Pourtant, mon père se crispait souvent en portant la main à la poitrine. Encore à Thanksgiving, maintenant que j'y réfléchis. Ce n'est pas juste, mon père est parti trop jeune… Et moi, je n'ai plus de papa. Fini les sempiternelles histoires sur son groupe de musique et ses morceaux de guitare préférés.

Il me manque. À la seconde où ma mère me l'a annoncé, il me manquait déjà. Pourquoi n'a-t-il rien dit ? Je le déteste pour ça. Je l'aime et je le déteste de m'abandonner aussi brutalement.

Je n'arrive pas à quitter le cimetière. Maman s'excuse, elle veut rentrer. Daniel reste avec moi.

*Ici gît John Atward Wood.*

*1960-2019*

*À notre mari, père et ami bien-aimé.*

J'ai beau lire et relire l'inscription, je ne parviens pas à l'accepter. Ce n'est pas mon père qui est là-dessous.

— Alex ? appelle doucement Daniel.

— Encore cinq minutes.

— Tu es là depuis deux heures, chérie… Je m'inquiète pour toi, tu n'as pas versé une seule larme… Parle-moi.

Je n'ai plus de mots.

— Il commence à pleuvoir. Rentrons, s'il te plaît.

Daniel m'attrape la main, je me laisse guider. C'est vrai qu'on gèle, en plus. Une fois dans la voiture, il m'aide à attacher ma ceinture de sécurité.

— Alex, tu…

— Je vais très bien.

La même phrase prononcée par mon père dans l'entrée lorsque nous sommes repartis après Thanksgiving. Daniel l'ignore. Il hésite à répliquer, puis abandonne en soupirant.

Une fois à la maison, je fonce dans ma chambre. Daniel est déçu que je ne reste pas avec lui pour parler. Après une douche bien chaude, j'enfile mon pyjama préféré, je me couche et là, enfin, je pleure. Je pleure longtemps, très longtemps. Je n'ai jamais été aussi malheureuse de toute ma vie.

Daniel entre. Je ne veux pas de sa pitié.

— Laisse-moi.

— Non.

— Va-t'en !

— Je ne suis pas ton ennemi, Alex. Laisse-moi t'aider.

— Je… J'aurais dû…

— Chuuut.

Il s'assoit près de moi, je pose la tête sur son épaule et je laisse les larmes couler. Daniel m'enveloppe dans sa chaleur, murmure des mots doux, des encouragements, des paroles réconfortantes. Mais je sais que c'est faux. Rien ne sera plus jamais comme avant.

# 49

## REMONTER LA PENTE

Les deux semaines suivantes se déroulent dans le brouillard épais de mon chagrin. J'erre sur le campus comme une ombre. Ma mère n'est guère mieux, elle sèche les réunions importantes de son entreprise en restant cloîtrée à la maison. C'est son assistante qui m'a prévenue. Je ne sais pas quoi faire, vu que je suis moi-même au fond du trou. On se traîne chacune de notre côté. Je lui en veux sûrement encore de ne pas m'avoir parlé de la maladie de papa, j'imagine qu'elle se sent coupable. Daniel comprend, il est toujours aussi patient avec moi.

— Je suis là pour t'aider, Alex. Je n'irai nulle part sans toi, répète-t-il souvent.

Je l'aime un peu plus chaque jour. Il me montre son affection à travers ses gestes, son soutien, son corps, ses mains chaudes, ses baisers.

C'est Noël dans moins d'une semaine, l'ambiance est tout sauf festive. En cet avant-dernier jour de cours, je travaille à la bibliothèque pour essayer de rattraper mon retard. Merci Google et Wikipédia. Quand j'ai terminé, j'envoie un texto à Daniel pour le prévenir que je rentre bientôt.

*OK*, répond-il. *Tu as bien bossé ?*

*Oui !*

*Tu te sens mieux ?*

*Euh... Mauvaise question.*

*Arrrgh.*

*Donne-moi un peu de temps.*

*Bien sûr, chérie. Ne m'attends pas ce soir.*

*Pourquoi ?*

*Mon père veut que je dîne avec lui.*

*Aïe, ça sent le cramé.*

*Il veut peut-être m'annoncer qu'il est gay !*

J'éclate de rire.

*OK. Dommage pour toi, j'avais prévu des sushis...*

*Tu m'achèves, chérie.*

*Je t'attendrai quand même.*

Daniel m'envoie une flopée de cœurs ailés, j'adore ! Je range mes affaires et quitte la bibliothèque. Dans le hall, un couple est en train de se dire au revoir. Une blonde et... Nate. Toujours aussi beau, celui-là. Il se tourne et m'aperçoit.

— Oh... Salut, Alex. Ça fait longtemps.

— Hello, Nate. T'as l'air en forme... C'était ta copine ? je demande, trop curieuse.

— Euh... oui.

— Je suis contente pour toi.

— Merci. On s'entend bien… mais je ne devrais pas te parler d'elle alors que tu viens de perdre ton… Oh, pardon, Alex.

Il s'interrompt en voyant que je prends une grande inspiration.

— Je ne suis pas encore habituée, je murmure.

— Je suis désolé pour toi et ta maman, Alex. Je reste ton ami, tu le sais, même si… N'hésite pas si tu as besoin de quoi que ce soit.

Et il me serre dans ses bras de façon amicale, pas romantique, bien sûr.

— Merci, Nate. Nos conversations me manquent.

— À moi aussi, Alex. Je suis vraiment triste pour toi.

— Ça va aller. Daniel m'aide.

— Il t'aime, je n'en doute pas une seconde.

— Moi aussi, je l'aime.

Nate se fige. Au bout de plusieurs secondes d'un silence gêné, il ramasse son sac.

— Lyn m'attend. Salut, Alex.

Malgré les apparences, Nate a l'air heureux, je le sens. Cela me soulage tout en renforçant mes sentiments pour Daniel. J'espère que Nate éprouve la même chose pour Lyn.

Je rentre chez nous, le cœur plus léger. Mes sushis sont délicieux, je fais durer le plaisir en les mangeant lentement. Daniel ne devrait plus tarder. L'horloge continue de tourner. Je commence à trouver bizarre que son dîner ne soit toujours pas terminé. J'ai un mauvais pressentiment. Après tout, je peux appeler Daniel pour me rassurer, non ? Ça sonne. Une fois, deux fois, trois fois. *Clic*. Messagerie. Aussitôt, je songe à Cara et lui envoie un texto :

*Tu crois toujours à tes prédictions ?*

Sa réponse arrive par retour :

*Fuck, ça y est ?*

Je ne dois pas me laisser influencer par ses pronostics de Gitane.

*Daniel n'est pas rentré, je m'inquiète, c'est tout.*

*Il a dit quoi ?*

*Qu'il dînait avec son père, mais, comme tu m'as prédit une cata…*

*Du calme, ma belle, le monde est rempli de catas.*

*OK, OK, amoureuse = stupide, je vais me coucher.*

*Sweet dreams, Alex.*

N'empêche, je ne suis pas tranquille.

# 50

## FINI

Le lendemain matin, après une nuit complète de sommeil – la première depuis l'enterrement de mon père –, je prends une résolution : il est temps de faire la paix avec ma mère, parce que je n'ai plus qu'elle. J'irai donc la voir.

Je me prépare en vitesse, pressée d'annoncer ça à Daniel. Mais je remarque un truc qui cloche dans la maison : aucune odeur de pancakes.

— Daniel ?

Il est devant la porte, prêt à partir. Il tire aussi une mine de dix pieds de long.

— Tu t'en vas ?

Il évite mon regard.

— Tu es en retard ? Il y a un problème ?

Je pose la main sur sa joue pour l'obliger à se tourner vers moi. Il rejette la tête en arrière, serre les mâchoires puis écarte mon bras. Je n'en reviens pas, c'est la première fois que Daniel me repousse.

— Tu me fais peur, il s'est passé quelque chose hier soir ? je balbutie.

— Tais-toi, s'il te plaît, gronde-t-il.

— T'es givré ou quoi ? Si tu as une raison de m'en vouloir, explique-toi.

— C'est fini… Toi et moi, c'est fini, marmonne-t-il en fermant les yeux.

Soudain, je manque d'air, mes poumons sont bloqués.

— Je… ne comprends pas. Répète ?

— T'es bouchée ? C'est fini, Alex, on ne sort plus ensemble. *Capito ?*

— Tu es sérieux ? Mais pourquoi ? j'articule péniblement.

— Parce que tu me fatigues, ça fait deux semaines que tu chiales non-stop.

— Tu me quittes parce que je suis malheureuse d'avoir perdu mon père ? T'es sérieux, sombre connard ?

— Ouais ! Fini la petite vie de couple merdique. Je suis comme ça, les nanas, je les baise et je les jette après usage. Comme des kleenex… Prends tes affaires et tire-toi. Je ne veux plus rien voir ici en rentrant ce soir.

Je ne respire plus, j'ai trop mal, la tête me tourne, des taches lumineuses dansent devant mes yeux. Je dois agripper la rampe pour ne pas flancher. Ce n'est plus Daniel qui est là, mais un étranger qui ressemble à Daniel, avec ses iris bleu électrique, ses pommettes, ses mèches blondes décoiffées, mais ce n'est pas lui. Comment pourrais-je faire revenir mon Daniel ?

— Mais… je t'aime, je murmure.

Pathétique jusqu'à la moelle, je sais.

— Ma pauv' fille, comment t'as pu croire au grand amour ? T'as un joli petit cul, oui.

Ma main part toute seule sur sa joue. *Paf.*

— Salaud.

Moi qui pensais le connaître. Ses yeux sont froids comme des icebergs. Mon Dieu, que se passe-t-il à l'intérieur de lui ?

— Tu mens, tu mens, Daniel ! je hurle. Ce n'est pas toi qui parles, quelqu'un t'a mis ces idées en tête. Qui ?

— Tais-toi et ouvre les oreilles : c'est fini, FINI ! On n'a plus rien à faire ensemble, pigé ? On a baisé, c'était cool, mais j'ai envie d'autre chose.

— Et le contrat ? Il reste deux ans et demi.

— J'ai réglé ça avec mon père, j'en avais trop marre… Ciao, Alex. N'oublie pas : vire tes affaires d'ici ce soir.

Je suis tétanisée, statufiée. Mon esprit refuse d'accepter l'information. Notre amour était plus fort que tout… le mien, en tout cas.

— Tu ne m'empêcheras pas de croire que j'ai compté, Daniel. Et plus que les autres. Il s'est passé quelque chose hier soir. Je trouverai.

Il part.

Je remonte faire ma valise. Jamais je n'ai été autant blessée. Moi qui avais tout, l'amour de Daniel, un père, la réconciliation avec mes parents, je n'ai plus rien. J'essaye de me remémorer les détails de ces derniers jours pour trouver des signes qui auraient pu m'alerter, mais je ne vois pas. Rien du tout. Daniel est pire que Dr. Jekyll et Mr. Hyde. Comment peut-il m'aimer la veille et me jeter le lendemain ? Il a délibérément voulu me meurtrir… Ça n'a pas de sens, tout était au top jusqu'à hier soir… jusqu'au dîner avec son père. Oui, c'est la faute de Harry Kerrington, c'est forcément lui ! Je dois aller affronter cette ordure. Le problème, c'est que j'ai laissé mes clés dans la chambre de Daniel. Hors de question que je remonte.

Je songe d'abord à Cara, mais ce n'est pas une bonne idée, elle fera tout un plat de la rupture. Nate ? Pourquoi pas, les amis sont là pour aider, il l'a répété lui-même. J'appelle. Nate décroche à la deuxième sonnerie.

— Alex ?

— Euh… Salut, Nate. J'ai besoin d'aide. Tu peux venir me chercher ?

Nate n'hésite pas une seconde, il se gare quinze minutes plus tard en bas de la maison.

— Qu'est-ce qui se passe ?

Au début, je suis un peu gênée de parler de mes histoires de cœur à un ex-boyfriend, mais ça passe. Nate ne m'interrompt pas, il pousse un juron quand j'ai terminé.

— Je suis désolée de te mêler à mes salades, Nate, mais je…

— Dis-moi plutôt ce qu'on peut faire.

— Conduis-moi jusqu'à Kerrington & Co., s'il te plaît.

— Conseil d'ami, ce n'est pas une bonne idée, Alex.

— Mon père est mort sans que je puisse lui parler, Daniel m'a quittée sans un mot d'explication, c'est trop. J'ai besoin de comprendre ce qui m'arrive.

Nate hésite, me fixe en réfléchissant puis tourne la clé dans le démarreur.

— Tu m'emmènes ?

— Oui. J'espère que je n'aurai pas à le regretter, s'il t'arrive quoi que…

— Rassure-toi, je n'ai plus rien à perdre.

En bas de l'immeuble Kerrington, je remercie Nate et lui demande de ne pas m'attendre. J'entre, je me dirige droit vers la batterie d'ascenseurs. Daniel n'en a jamais parlé, mais j'imagine que le bureau de son père se situe dans les étages élevés.

Au dixième, alors que les portes s'ouvrent, j'aperçois la silhouette de Harry Kerrington dans une grande pièce vitrée. Hop, j'y vais direct. La secrétaire tente de m'intercepter. Non, je ne me laisse pas faire.

Le diable en personne est au téléphone. Il prend un air étonné, pose la main sur le combiné et dit :

— Alexandria ? Je ne sais pas ce que tu veux, mais je suis en conférence téléphonique. Attends dehors, s'il te plaît.

— De quoi avez-vous menacé Daniel pour qu'il me quitte ?

# 51

## VIDE, BÊTE ET MOCHE

— Je n'ai pas le temps pour tes enfantillages, jeune fille. Comme tu le vois, je suis occupé, répond-il d'un air suffisant.

J'attrape le combiné et le repose sur son socle.

— Maintenant, vous êtes libre.

— Tu te prends pour qui ? Je te croyais mieux élevée que ça, Alexandria.

— Ce n'est pas la question. Qu'est-ce qui s'est passé avec Daniel ? Pourquoi a-t-il rompu juste après votre dîner ? Vous lui avez dit de le faire ?

— Ça suffit. Je n'ai pas cette influence sur mon fils. Sors d'ici maintenant.

— Vous mentez, Daniel ment ! C'est insupportable. Tout est de votre faute.

Harry éclate de rire.

— Petite sotte. Tu ne t'es jamais demandé si le problème ne venait pas de toi ? Daniel se lasse très vite, tu sais, la liste de ses ex est longue. Il vient juste d'ajouter ton nom, c'est tout.

— Je ne vous crois pas.

— Tu dois accepter ce qui t'arrive. Daniel tourne la page à sa façon. Il a besoin de démarrer une nouvelle vie. Écarte-toi de lui, tu le tires vers le bas.

Je suis abasourdie.

— Et le contrat ?

— Il est rompu. Vous n'avez pas tenu six mois.

— Vous laissez tomber Wood & Co. ?

— Oui. Ça m'a déjà coûté suffisamment cher.

— Mais ma mère remplace mon père, vous ne pouvez pas retirer vos billes et…

— Si, je peux. Ta mère ne dirige plus rien depuis des semaines. Le comité exécutif va la démettre de ses fonctions. Il siège dans dix minutes.

— Non ! Ils n'ont pas le droit ! Empêchez-les !

— Ce n'est pas de mon ressort, Alexandria.

— Ma mère n'est même pas au courant…

— Cela m'étonnerait. De toute façon, Wood & Co. doit prendre un nouveau départ… Désolé pour toi, Alexandria. Rude journée. Ma secrétaire va te raccompagner.

Fin de l'entretien. Je me retrouve dans la rue, complètement déboussolée, sans argent pour payer un taxi, trop honteuse pour appeler Cara. Comment ai-je pu me laisser aveugler par Daniel ? Il s'est juste montré égal à lui-même.

Je me sens vide, bête, moche, pas intéressante. Moi qui levais les yeux au ciel quand les copines racontaient leurs chagrins d'amour. J'essaye d'appliquer la méthode Coué pour bloquer mon cerveau : Daniel n'existe plus, son prénom, son rire… Daniel n'existe plus.

Je pars chez ma mère, j'ai besoin d'elle. Je marche vite, je cours même, longtemps. J'arrive épuisée et le cœur gros de constater dans quel état est le jardin de mon père.

Je sonne.

— Maman, c'est moi.

La porte s'ouvre. Maman me prend dans ses bras et me serre très fort. Mon Dieu, ce que ça fait du bien. On pleure, ce sont des larmes de retrouvailles mère-fille.

À l'intérieur, ce n'est pas mieux entretenu que dehors, une tornade s'est abattue sur le salon. Il y a du boulot.

— Tu veux boire un thé, Alex ?

J'accepte. Pendant qu'elle le prépare, je ramasse la tonne de kleenex qui traînent par terre. Ma mère a pleuré jour et nuit pendant un mois, dirait-on. Elle revient avec une tasse de thé bien noir, comme mon humeur.

— Maman, pourquoi ne m'as-tu pas dit qu'on allait te virer de ta place à Wood & Co. ? Arrête de me traiter comme une gamine.

— Tu as raison, soupire maman. J'ai accumulé les erreurs, j'ai même réussi à perdre l'entreprise de ton père… Continuer à vivre ici me tue à petit feu. Je ne sais pas comment remonter la pente.

— Moi non plus, maman… Mais, pour Wood & Co., on ne peut vraiment rien faire ? Prendre un avocat, les attaquer en justice ?

— Ils ne m'ont pas trahie, Alex. Je ne suis plus capable de diriger la boîte. C'est tout. Et je n'ai plus d'argent pour me défendre.

— Quoi ?

— Malheureusement, oui. Ton père s'est laissé berner dans plusieurs contrats, il me l'avait caché. Quand je m'en suis rendu compte, on s'est disputés… Il a fait son attaque cette nuit-là, s'étrangle maman. Ton père avait quelques économies de côté, le notaire me l'a confirmé la semaine dernière. Pas assez pour racheter la société, mais suffisamment pour redémarrer ailleurs.

— Tu veux partir d'ici ?

— Oui, j'ai trop de souvenirs douloureux. J'aimerais que tu viennes avec moi.

— Mais j'ai Cara, mes amis, la fac, Dan… ma vie entière, quoi.

— Je le sais bien, ma chérie, mais je ne veux plus qu'on soit séparées. Ton père ne supportait pas cette dispute.

— Tu voudrais aller où ?

— Pourquoi pas la Californie ? J'ai des relations qui peuvent m'aider à trouver un emploi. Je recommencerai en bas de l'échelle mais, si tu es avec moi, j'y arriverai.

Déménager à l'autre bout des États-Unis alors que j'ai tout ici… que *j'avais* tout. Peut-être que je parviendrai aussi à tourner la page, à redémarrer une vie nouvelle comme ma mère.

— D'accord.

# 52

## ADIEU, DANIEL

Voilà, nous sommes assises dans l'avion. Je dois couper mon portable, le décollage est imminent. J'essaye de me détendre en regardant par le hublot.

Est-ce que j'ai décidé sur un coup de tête de suivre ma mère en Californie ? Oui. Est-ce que, inconsciemment, je voulais mettre le plus de distance possible entre Daniel et moi ? Oui.

L'avenir nous dira si j'ai fait le bon choix. Pour l'instant, je trouve que c'est une excellente idée, qui va nous aider à surmonter la disparition brutale de papa.

Nous n'avons pas encore de logement, les amis de maman nous hébergent en attendant qu'elle loue un appartement. Avec vue sur la mer pour admirer le coucher de soleil ! Notre budget est serré, mais elle tient à racheter des meubles. Nouveau départ, nouvel environnement, répète-t-elle. Je suis heureuse de la voir plus gaie, ma mère est ma priorité n° 1. Le reste, comme mon changement d'université en pleine année, est secondaire. On verra bien si le Boston College transfère mon dossier rapidement.

Quand j'ai annoncé à Cara que je m'en allais, elle a d'abord hurlé :

— Encore une de tes conneries, Alex. Dis-moi plutôt que tu te barres à cause de Daniel.

— Euh… non… enfin, oui, un peu. Je ne sais pas, Cara. Ma mère a vraiment besoin de moi, ça, c'est sûr.

— Que ta mère veuille redémarrer ailleurs, je pige. Mais toi, Alex, tu le fais vraiment pour fuir des souvenirs douloureux liés à ton père ? Toi et moi, on sait très bien que non. Ta place est ici.

— Peut-être, mais je pars quand même. J'ai besoin d'air, il s'est passé trop de trucs insupportables.

— Daniel ne pensait pas forcément tout ce qu'il t'a dit, tente-t-elle.

— C'est ce que je me disais aussi, mais je me suis peut-être voilé la face depuis le début.

— Ça craint trop. J'irai lui parler.

— Non !

— Pourquoi non ?

— Parce qu'il pensera que je veux qu'il revienne.

— Ce n'est pas ce que tu veux, justement ?

Je n'arrête pas de me reposer cette dernière question de Cara. Que dirais-je s'il voulait revenir après toutes les horreurs qu'il a prononcées ? Non, je l'enverrais bouler.

J'ai fait jurer à Cara de ne rien tenter pour approcher Daniel ni de près ni de loin. Quand on s'est quittées, Cara pleurait. Ça aussi, c'était horrible.

— On s'appellera tous les jours.

— T'as intérêt, Alex, je veux tout savoir. Y a plein de beaux mecs en Californie, va les voir de ma part sur la plage !

— Tu viendras les voir toi-même, Cara.

— Hum… Daniel a fait beaucoup de dégâts.

— Oui. Ma mère avait raison, ce mec n'était pas pour moi. Le pire, c'est que je serais prête à recommencer avec lui.

Cara m'a serrée longtemps dans ses bras. Les adieux ont été terribles. Après Cara, il y a eu Nate. Quand il a vu ma tête, il a deviné tout de suite.

— Tu t'en vas, c'est ça ?

— Oui. Merci pour tout ce que tu as fait, Nate.

— Tu vas me manquer, Alex.

Après ma tournée d'adieux, il me restait encore une dernière épreuve : chercher les valises que j'avais laissées au penthouse. Quand Daniel a ouvert la porte, on s'est regardés en silence. La minute la plus longue de toute ma vie. J'ai bafouillé le mot « affaires », il m'a montré un tas dans l'entrée. Tout était là, déjà prêt à partir.

— Je peux t'aider à les descendre, a-t-il proposé.

— Non.

— Tu n'y arriveras jamais toute seule. Je peux au moins t'aider pour ça.

— Pourquoi ? Tu te sens mal de m'avoir jetée comme un kleenex ?

C'est sorti tout seul. Daniel a serré les dents sans me répondre.

— Ou alors, t'es pressé de virer mes affaires pour installer la suivante.

— N'importe quoi, a-t-il grogné.

— T'inquiète, on ne se verra plus. Je déménage en Californie. Cara viendra m'aider pour les cartons. Salut.

Et je suis sortie. Quand je suis passée à sa hauteur, Daniel m'a attrapé le bras. Nos regards se sont croisés. Il a ouvert la bouche, a hésité. Allait-il s'expliquer ? Il a baissé les yeux. Le dernier morceau de mon cœur s'est brisé.

— Au revoir, Daniel.

L'avion a décollé, Boston s'éloigne. Maman me serre la main en souriant. J'aime quand elle sourit.

— Tout va bien ? me demande-t-elle.

*Non, rien ne va.*

— Oui. Beaucoup mieux.

Gina, l'amie de maman, nous attend à l'arrivée et nous amène chez elle. Ma chambre est sympa, je déballe mes affaires et m'installe sur le lit avec mon ordi. J'ai envie de reprendre *Paravents*, j'ai négligé mon livre depuis trop longtemps. Mais, au bout d'un paragraphe à peine, mon portable sonne.

— Hello, Cara ! Comment est Boston ?

— Nul depuis que tu es partie. Je te déteste.

— Et moi je t'adore ! Parle-moi plutôt de tes amours avec Simon.

— On fête notre premier mois ce soir, mais je t'avoue que je ne suis pas dans l'ambiance… Fini les chocolats chauds, ma meilleure amie m'a abandonnée.

— Désolée. Si tu veux, je t'enverrai des photos tous les matins !

— Ça marche ! Au fait, Daniel est venu chez Simon quand j'étais là.

Je reste zen, *Daniel n'existe plus*.

— Avec sa guitare, enchaîne Cara. Il n'a pas arrêté de chanter, une vraie casserole. J'ai les oreilles écorchées… Franchement, je crois que votre séparation lui a fichu un coup, Alex.

Je continue de rester zen.

— Sérieusement, Alex, je suis persuadée qu'il y a un lézard. Il n'a pas choisi de te quitter, il t'aime. Ça se voit trop.

— Stop, Cara. Il a pris la décision de rompre, je dois vivre avec ça. Fin de l'histoire.

— OK, mais moi, je veux comprendre. Je suis ta meilleure amie, c'est mon job.

— Non, tu…

— Vous êtes faits l'un pour l'autre, Alex.

Et elle raccroche.

# 53

## LE COLIS

Déjà une semaine en Californie, je ne connais toujours personne en dehors de ma mère. D'un autre côté, je ne mets pas le nez dehors. Elle commence son nouveau boulot début janvier, ce qui nous laisse encore dix jours de cocooning. On fait des gâteaux ! Gina a offert un livre de recettes à maman, on les expérimente les unes après les autres.

Je lis beaucoup et j'avance *Paravents*. Dix chapitres de plus, je suis assez fière de moi. J'essaye de ne pas penser à Daniel, mais les souvenirs remontent comme des bouffées de chaleur. Par exemple, la première fois où il m'avait arraché l'ordi des mains pour découvrir *mon texte*. Il s'était absorbé longtemps dans la lecture. « Ouah, tu es douée, chérie, ton histoire est géniale. Je serai ton premier fan quand ce sera publié. »

Stop.

Je me lève et descends dans la cuisine, ma mère est plongée dans une nouvelle recette.

— Alex, te voilà ! Des macarons français, ça te dit ?

— Si c'est toi qui les fais, oui. Je te regarde et je lèche la cuillère !

Ma mère éclate de rire, il paraît que je léchais toujours les plats quand j'étais petite. Elle fredonne une chanson en dosant les ingrédients.

Un coup de sonnette nous interrompt. Maman me demande d'aller voir qui c'est.

— Mademoiselle Alexandria Wood ?

— Oui, c'est moi.

— Vous signez ici et ici… Bonne journée.

Et il me tend un paquet assez lourd. Pas d'expéditeur. J'attrape les ciseaux pour l'ouvrir. Mon cœur rate un battement : des livres. Mes livres. Ceux que Daniel avait abîmés lors de notre première dispute. Il n'en manque aucun. Un billet est glissé dans le premier.

*Je te les devais. Ça m'a pris du temps, désolé. Daniel.*

Mes larmes éclaboussent déjà le papier. Je remonte en vitesse dans ma chambre et m'écroule, en pleurs, sur le lit.

À Thanksgiving, mon père a demandé à Daniel d'être bon avec moi. Aujourd'hui, je voudrais qu'il soit là pour reprendre ses mots. Je ne veux pas que Daniel soit bon pour moi, parce que c'est encore plus difficile que de le détester. J'ai besoin de le détester pour l'évacuer de mon esprit et de mon corps. J'aimerais le transformer en punching-ball dans lequel je frapperais à grands coups de poing.

Maintenant que Daniel a posté ce paquet, je ne sais plus quoi penser.

Pendant que maman préparait les macarons, notre dîner a cramé dans le four ! Du coup, on a commandé des sushis, c'est sympa.

— Ton père adorait les sushis, murmure maman. Il avait travaillé dans un restaurant japonais, tu le savais ? Ton grand-père l'avait obligé à prendre un petit boulot. J'ai rencontré ton père en allant manger des sushis. C'est grâce à ses économies qu'il a lancé Wood & Co.

— C'est drôle, moi aussi, j'ai rencontré Dan...

Et je raconte l'histoire du Kitchen Basilic à maman. Elle se tord de rire à propos de la bouteille de champagne. Mauvaise idée, ça me coupe l'appétit d'y repenser.

— Alex, ça va ? Tu es contente d'être venue ici ?

— Bien sûr, maman.

Comment lui avouer toute la vérité, elle sort à peine la tête de l'eau...

# 54

## CHARLIZE SHOW, ACTE II

— Daniel a dit à Simon qu'il irait au Charlize Matson Show, ce soir, me dit Cara au téléphone.

Zut, ça m'intéresse.

— Pourquoi ?

— Daniel aurait des trucs à raconter. Ça ne m'étonne pas, je le trouve super relou depuis votre rupture. Il traîne dans les bars, pas comme avant, tout seul. Quand il est trop bourré pour conduire, il appelle Simon. Tu lui manques, c'est sûr.

— Ah.

— C'est tout ce que t'as à dire ? Ton fiancé se meurt d'amour et d'alcool, et tu t'en fous ?

— Je te rappelle qu'il m'a larguée, Cara.

— Il t'aime, bouffonne. Je le sais. Simon m'appelle, n'oublie pas de regarder la télé ce soir.

— On verra.

— Daniel t'aaaaaaime, Alex, OK ?

Clic. Raccrocher la première est devenu sa grande spécialité. Maman débarque au même moment et me demande des nouvelles de Cara. Je lui montre une photo d'elle avec Simon.

Ensuite, chacune s'occupe de son côté, maman rate encore une recette, j'avance *Paravents*. Le soir, on commande une pizza pour changer. Soirée télé. Maman fait défiler les chaînes avec la télécommande. Soudain, elle se fige.

— Quoi ?

— Regarde…

Daniel, assis près de Charlize, sur le plateau de son émission.

— Bonsoir, amis téléspectateurs, vous l'aurez reconnu, notre invité de ce soir est Daniel Kerrington !

Applaudissements, sifflements flatteurs de nanas hystériques. Daniel, en costume noir, beau comme un dieu, est là. Maman me jette un coup d'œil interrogateur pour savoir si elle doit changer de chaîne. Non, trop tard. Je veux le voir.

— Ravie de vous retrouver parmi nous, Daniel. La forme ?

— Euh… oui.

— Oh, j'ai un petit doute… Comment va votre fiancée, Alexandria, n'est-ce pas ? Une jeune femme charmante. Elle ne vous accompagne pas ce soir ?

— Non… ce n'est pas facile. Nous avons décidé de rompre.

Un cri de stupéfaction générale monte dans l'auditoire. Même Charlize semble surprise.

— Mais… vous aviez l'air si amoureux il y a trois mois, sur ce plateau, s'étonne Charlize.

— On jouait la comédie. Par obligation… par contrat, ajoute Daniel.

Bordel. Mais qu'est-ce qui lui prend ? C'est quoi ce sabotage en direct ? Pourquoi Daniel annonce-t-il à l'antenne que nos fiançailles étaient bidon ? Il est en train de ruiner sa réputation et celle de son père, tout le monde va comprendre que l'idée venait de lui. Ça n'a pas de sens.

— Sacrée révélation, Daniel. Personne ne s'y attendait, lance Charlize, les yeux braqués vers la régie.

— Je suis fatigué de mentir, lâche encore Daniel.

— Maintenant que vous avez commencé, racontez-nous toute l'histoire.

— Mon père a toujours désapprouvé ma vie sex… sentimentale. Il avait besoin de redorer mon image pour faire remonter ma cote auprès de son comité exécutif. Quand il a appris que Wood & Co. était au bord du dépôt de bilan et que les propriétaires avaient une fille, il a monté cette comédie.

— Les fausses fiançailles, vous voulez dire.

— Oui. Intelligent, n'est-ce pas : les Wood avaient besoin d'argent, et moi d'une nouvelle image. Alex était la victime collatérale, elle a accepté pour ses parents…

Les premières semaines de cohabitation, c'était l'enfer ! plaisante soudain Daniel. Alex me détestait !

— Et ensuite ?

Je ne sais même plus si je respire. La main de maman vient se poser sur ma cuisse.

— Ensuite, on a appris à se connaître. Plus on passait du temps ensemble, plus je me sentais bien… et elle aussi.

— Vous êtes tombé amoureux d'elle ?

— Oui. Très très amoureux. Elle m'a aidé à changer. Alex est mon âme sœur. Ma moitié.

Maman me secoue.

— Daniel est vraiment amoureux de toi, murmure-t-elle.

Je ne réponds pas. Peut-être qu'il l'est, mais ça ne résout pas le million de questions qui tournent en boucle dans ma tête.

— Comme c'est romantique, soupire Charlize.

Daniel se penche vers la caméra.

— Alex, j'espère que tu es devant ta télé. Je t'aime, chérie. Je suis le dernier des connards, parce que j'aurais dû te le dire plus souvent : je t'aime, je t'aime. Je t'ai fait souffrir, je sais, mais je te promets de tout expliquer.

— C'était dans le script, ça ? murmure Charlize, gênée.

— Quand tu as voulu que je parle à mon père le soir du bal, je lui ai dit que j'étais amoureux, que tu étais le plus beau cadeau de ma vie, que je ne voulais plus de cette farce ni de sa place de directeur général parce que je souhaitais faire ma propre carrière. Ça l'a rendu fou, on s'est disputés. Et tu as appelé parce que ton père venait de mourir…

Daniel ferme un instant les paupières, comme si ce souvenir lui était douloureux.

— Il y a eu l'enterrement, ton chagrin… Un jour, il a téléphoné pour m'inviter à dîner. J'ai cru qu'il s'était fait une raison, qu'il était heureux que j'aie trouvé la femme de ma vie. Non, Alex : Harry Kerrington, cet odieux personnage qui me tient lieu de père, m'a proposé un marché. Il savait que ton père avait des dettes et que ta mère serait écartée de ses fonctions chez Wood & Co. Si je te quittais, il vous aidait… Votre avenir financier était entre mes mains, Alex. Mon père avait deviné que j'y serais sensible. J'ai cru bien faire, je m'en mords encore les doigts. Aujourd'hui, je sais ce que je veux. Que tu comprennes. Que tu me pardonnes. Que tu reviennes, Alex. Je suis fatigué d'obéir à mon père. Je le laisse éponger seul toute la merde qui va tomber après ce show.

Charlize jette des regards affolés vers la régie, le générique est lancé. Fin de l'émission.

# 55

## DANIEL A BESOIN DE TOI

Je hais la presse people. Les magazines à sensation rivalisent d'âneries dans leurs articles, idem sur Internet, où nos fiançailles de pacotille sont devenues virales.

Quand je sors faire des courses, on me reconnaît, des inconnus m'accostent, des femmes me conseillent de sauter dans le premier avion pour Boston « pour soutenir ce pauvre Daniel ». Même ma mère a changé d'opinion sur lui et parle de ça toutes les trente secondes. Comme si ma vie sentimentale était le sujet n° 1 sur la place publique.

J'essaye de rester zen – je suis devenue championne en yoga mental –, mais j'avoue que Daniel m'obsède. Il m'aime et je ne sais plus quoi faire. Même si je comprends ses raisons, je n'arrive pas à lui pardonner. Il aurait dû m'en parler au lieu de décider seul.

La nuit tombe, je suis dehors sur la balancelle de la véranda. Les étoiles s'allument une à une. Maman fait la vaisselle d'un air distrait. Elle pense à papa, je le sens. Il me manque aussi. Je feuillette souvent les albums photos pour revoir son visage.

— Tu me laisses une petite place ? demande ma mère, que je n'ai pas entendue arriver.

— Bien sûr.

— Tu cherches des réponses dans les étoiles ?

— Maman, ce que Daniel a dit pendant le show à propos de l'aide financière… Où est cet argent ?

— Je l'ai rendu jusqu'au dernier centime. Je croyais sincèrement que ton père l'avait mis de côté pour le cas où on serait en difficulté et que le notaire était chargé de l'annoncer… Encore une erreur de jugement de ma part. C'est Harry Kerrington qui avait viré la somme. Je ne veux pas de son argent, je suis capable de m'en sortir.

— Je suis fière de toi, maman… sauf qu'on n'a plus un rond !

— Pour l'instant, oui, mais fais-moi confiance, ça sera dur les premiers mois, mais je vais remonter la pente.

— *Nous* allons remonter la pente, je vais chercher un boulot, moi aussi.

— Justement, ma puce, je voulais te parler de ça… Je n'aurais jamais dû t'obliger à me suivre.

— Tu ne m'as pas obligée, j'ai choisi de t'accompagner.

— Et je t'en remercie encore, ma petite Alex, mais c'était égoïste de ma part. Je n'avais pas mesuré à quel point ta vie était à Boston.

— Je suis très heureuse d'être ici avec toi, maman.

— Non, Alex, je ne suis pas aveugle. Tu n'es pas heureuse, tu essayes juste de me faire plaisir. Mais je refuse que tu te sacrifies pour moi.

— Tu disais que tu avais besoin de moi ?

— Oui, j'ai besoin de toi, mais je vois aussi que tu es une grande fille qui a le droit de faire ses propres choix. Et vivre ici n'est pas le tien, mais le mien. Tes amis de Boston t'attendent, Daniel a besoin de toi. Je le sais.

— Tu continueras d'aller bien si je repars ?

— Oui, ma chérie. Et je viendrai te rendre visite dès que je pourrai.

— J'ai peur.

Maman sort une enveloppe de son tablier. Un aller simple pour Boston.

— Merci. J'ai peur quand même.

— Je sais, ma fille, mais tu y verras bientôt plus clair.

Mon départ étant dans une semaine, on en profite à fond pour être ensemble avec maman. Grandes balades pieds nus dans le sable, sur la promenade en mangeant des glaces ou des gaufres, baptême de plongée, rollers, on s'incruste même à un mariage sur la plage ! Ce qui est sûr, c'est que ma mère va me manquer.

Le dernier soir, on discute longtemps.

— Je me suis trompée sur ce garçon, Alex. Il t'aime.

— Il m'a aussi profondément blessée, je murmure. Je ne rentre pas pour lui, maman, mais une partie de moi est vide sans lui.

— Daniel ressent sûrement le même vide, ma chérie.

— Peut-être, mais je ne suis pas encore prête à le revoir. J'ai besoin de temps.

— Je suis persuadée que tu trouveras la solution.

Le lendemain matin, je suis dans l'avion du retour.

# 56

## CHAMPAGNE, ENCORE

À la minute où j'apparais dans le hall des arrivées avec mes bagages, Cara me saute dessus.

— Bouffonne, je suis trop, trop contente que tu sois rentrée ! Ne me refais plus jamais ça !

— Salut, Cara, toi aussi tu m'as manqué !

— Plus jamais, pigé ?

Simon s'avance d'un pas.

— Hum, salut, Alex. Moi aussi, je suis heureux de te voir. Cara va pouvoir retrouver son état normal !

— Ah, ah, ça n'a pas dû être drôle tous les jours, j'imagine !

On éclate de rire. Simon m'aide avec mes bagages jusqu'à la voiture de Cara. Elle s'assoit derrière avec moi pour qu'on puisse papoter, Simon fait le chauffeur. Elle me raconte la fac, les cours, les devoirs à rendre, j'ai du pain sur la planche pour rattraper.

Cara m'a proposé de réintégrer son appart, comme en début d'année, mais cette fois-ci ma part de loyer repose entièrement sur mes épaules. Je dois me trouver rapidement un petit boulot. Une fois mes affaires rangées – le reste arrivera plus tard de Californie –, je m'écroule dans le canapé près de Cara.

— Fini les cartons, je serai grand-mère quand je partirai de chez toi !

— J'avoue ! Trois déménagements en cinq mois, c'est beaucoup, s'amuse Cara. Tu comptes faire quoi, maintenant, ma belle ?

— Prendre un bain.

— Non, idiote : ta vie ici, tu la vois comment ?

— Euh… Il faut que je trouve un job près du Boston College, déjà.

— Je connais un endroit où ils recrutent… si tu es sage, ils m'ont dit. Je leur ai téléphoné, ils sont d'accord pour te donner une seconde chance.

— Non ! C'est vrai ?

— Oui ! Le Kitchen Basilic t'attend.

Sur le coup, ça m'a paru fantastique, maintenant que je suis face au gérant qui m'a virée l'été dernier, une sueur froide dégouline le long de mon échine. Après m'avoir fait promettre de ne plus jamais me mêler des affaires des clients, il me réembauche. Je commence sur-le-champ.

En sortant de son bureau, une voix familière me fait sursauter :

— Hey, revoici notre Alex nationale !

— Marianne ! Trop contente de reprendre le service avec toi !

Elle me donne des nouvelles de ceux qui ne sont plus là, puis me pose la question qui lui brûle les lèvres :

— J'ai vu le Charlize Show, je veux tout savoir, Alex ! Comment t'as réussi à choper ton pire ennemi ? Trop forte !

La routine fac-bibli-boulot revient vite. Je pars avec Cara le matin puisque je n'ai plus de voiture, je déjeune parfois avec elle ou avec Nate – qui est beaucoup moins disponible maintenant qu'il est en couple. Mais c'est sympa quand même, il me donne des conseils pour améliorer *Paravents*. Le reste du temps, je suis seule. J'aime bien, je me demande souvent ce que mon père dirait, je pense aussi à Daniel. Il n'a jamais cherché à me croiser ni à me contacter depuis mon retour. Il a sans doute réalisé que le Charlize Show avait été une erreur médiatique et que, loin des caméras, ses sentiments pour moi n'étaient pas si ardents qu'il l'avait prétendu. Après les cours, Cara me dépose au Kitchen Basilic pour mon service du soir.

Le restaurant est bondé en ce vendredi soir, j'ai à peine le temps de saluer Marianne. Ensuite, on court d'une table à l'autre pour prendre les commandes. Au bout d'une heure de ce rythme infernal, Marianne m'interrompt :

— Alex, tu peux assurer de mon côté cinq minutes, s'il te plaît ?

Je soupire, mais c'est ma boss.

— Table 15, il faut lui resservir du champagne.

Et elle disparaît. Je me dépêche d'y aller pour ne pas me mettre en retard avec mes tables, j'attrape la bouteille placée dans le seau à glace, concentrée sur mes gestes pour ne pas mouiller la nappe.

— Un peu plus de champagne ?

— Oui, si tu ne le verses pas sur ma tête.

Je lève les yeux et rencontre un regard bleu électrique.

C'est le blanc dans mon esprit. La bouteille m'échappe des mains et se brise sur le carrelage.

# 57

## JUSTE DANIEL

Je ne sais pas combien de temps je reste face à lui, stupéfaite. Je me fiche d'avoir gâché un champagne millésimé ou que Daniel me prenne pour une demeurée. Ça tourne en boucle dans ma tête. *C'est lui.*

C'est vraiment lui.

Daniel Kerrington en chair et en os et en costard, celui qu'il portait à la fête de nos fiançailles, lorsque j'ai dansé dans ses bras. Ses yeux n'ont jamais été aussi bleus, aussi remplis de lumière. Il se lève précipitamment pour essayer de ramasser les tessons de bouteille. Je me secoue enfin et marmonne :

— Je m'en occupe.

Il règne d'abord un silence de mort dans la salle, suivi d'un bruissement de chuchotis. On nous reconnaît. Je cours chercher de quoi nettoyer. Daniel ne me quitte pas du regard, je sombre à nouveau dans la banquise de ses yeux. Je suis perdue. Perdue en lui. Sa présence m'anéantit.

Je me jette à quatre pattes pour éponger le sol, ça m'occupe et j'évite de croiser ses yeux.

— Laisse-moi t'aider, Alex.

Je frotte encore plus fort.

— S'il te plaît.

Le patron nous observe, j'en suis certaine. *Alex, zénitude absolue, tu le peux.*

— Chérie, écoute-moi, s'il te plaît.

*Chérie, chérie, chérie.*

— N'approche pas… je t'en supplie… pas maintenant.

Je repars en courant, la vue brouillée par les larmes, le souffle coupé. Mon Dieu, je suis toujours aussi pathétique. Méthode Coué, Alex : respire, bloque ton cerveau, Daniel n'existe pas, Daniel n'existe plus, il ne te manque pas, il est impardonnable, tu ne l'aimes plus, tu ne l'as jamais aimé, il n'est pas venu pour toi ce soir, c'est un hasard, une coïncidence.

— Alex ?

Daniel est devant moi, anxieux, le front plissé. Il veut juste vérifier que tout va bien avant de partir.

— S'il te plaît, Alex, je ne suis pas là pour te faire du mal.

— C'est déjà fait…

— Tu as regardé l'émission ?

— Bien sûr. Toute l'Amérique l'a vue…

— J'emmerde les autres, Alex, tu es la seule qui compte.

Daniel est tout proche, à quelques centimètres, sans me toucher mais attentif à mes moindres réactions.

— Tout ce que j'ai dit était vrai, Alex. Je voulais que tu saches ce que mon père m'avait forcé à faire.

— Je sais.

— Je l'ai fait parce que je t'aimais, chérie. Je ne voulais pas te quitter, ça a été une des épreuves les plus dures de toute ma vie. Le monde s'est écroulé quand tu es partie. Je ne mangeais plus, je ne dormais plus. Je te voyais partout. Chaque matin, lorsque je réalisais que tu n'étais pas là, je retombais encore plus bas.

— Et moi, tu crois que j'ai vécu comment, Daniel ? Tu hantes mes jours et mes nuits. Je me sens détruite, blessée jusqu'au plus profond de mon être. Je n'arrive pas à oublier les mots que tu as prononcés pour me chasser du penthouse.

— Je voulais vous mettre à l'abri du besoin, ta mère et toi. Rappelle-toi, elle refusait de bosser, Wood & Co. partait à la dérive. J'ai pensé que…

— C'était à moi de choisir, Daniel ! je hurle. Tu n'avais pas le droit de le faire dans mon dos !

— Alex, essaye de me comprendre : je voulais te protéger. C'est la seule manière que je connais pour te montrer mon amour !

Son cri du cœur me laisse sans voix durant plusieurs secondes. Je n'ai jamais pensé à ça…

— Mais je n'ai pas besoin qu'on me protège, je bafouille.

Daniel avance sa main vers ma joue pour la caresser très doucement. Je ne l'en empêche pas, au contraire, je ferme les yeux pour mieux sentir la chaleur qui irradie en moi.

— J'ai eu tort, Alex, je le sais, mais, si tu avais été à ma place, tu aurais fait quoi ?

— J'aurais commencé par t'en parler.

— Mon père m'a fait chanter avec les pires menaces qui soient, Alex : si je n'obéissais pas, il détruisait tout ce qui vous concernait, de près ou de loin. Uniquement parce qu'il était jaloux de mon amour pour toi.

— Il est malade.

— Oui, rongé de l'intérieur. Mais j'en ai eu marre qu'il contrôle ma vie. Tu m'as appris à faire face, Alex, alors j'ai fini par passer à l'action grâce au Charlize Show. Je voulais que mon père souffre autant que moi.

— Il a réagi comment ?

— Mal… J'ai demandé à être émancipé. Je ne suis plus lié à Harry Kerrington et à son empire.

Ses doigts descendent, enveloppent ma nuque.

— Je suis juste Daniel, chuchote-t-il.

— Juste Daniel.

Nos regards s'accrochent.

— Cara disait que tu reconstruisais ta vie en Californie, loin de moi, je n'ai pas osé appeler.

— J'aidais ma mère.

— Quand j'ai su que tu rentrais, j'étais fou de joie, mais je n'ai toujours pas osé me montrer.

— Tu as enfin osé, je murmure.

Daniel prend mon visage en coupe, pose son front sur le mien.

— Je suis désolé, Alex, profondément désolé de t'avoir maltraitée, rejetée. Tu sais que je fais des erreurs, je ne suis pas parfait, mais, si je suis venu aujourd'hui, c'est parce que j'espère que tu me pardonneras. Si tu refuses, je comprendrai, et tu n'entendras plus parler de moi.

*Gloups.* Ses yeux fouillent les miens à la recherche d'une réponse.

— Ça n'a jamais été facile pour nous deux, et la suite sera peut-être encore difficile, mais je suis prêt à me battre pour toi, pour nous deux. Je t'en supplie, réponds-moi, Alex.

Je ne trouve pas les mots. Tout ce qu'il vient de déverser, la haine de son père, l'émancipation, son amour… tout est si compliqué. Je dois d'abord réfléchir.

— Je… Je dois retourner en salle.

— Quoi ?

— S'il te plaît, laisse-moi le temps d'y penser.

Daniel recule, meurtri.

— On se reparle quand j'ai fini ?

— Oui… je t'attends.

Il a l'air si abattu, avec ses mains dans les poches, que sa détresse me touche.

— À tout à l'heure, Daniel. Je reviens.

— J'espère… Sinon j'aurai tout perdu.

# 58

## D'ACCORD

Quand je retourne en salle, Marianne est revenue de sa pause.

— Tout va bien ? s'inquiète-t-elle. J'ai vu ce qui s'est passé.

— Faut toujours que je me donne en spectacle, je grommelle.

— Oui, j'ai vu. Le patron aussi, ajoute-t-elle d'un air embêté. Vous avez au moins mis les choses au point, Kerrington et toi ?

Comment répondre à cette question, je l'ignore encore. Je sais que j'aime Daniel de toutes mes forces, mais il m'a aussi fait beaucoup de mal. L'amour peut-il tout pardonner ?

— J'espère te le dire bientôt, Marianne.

— Je croise les doigts, ma belle !

Je reprends mon service en courant à droite à gauche entre les tables. Daniel est près de l'entrée, en grande conversation avec mon patron. J'ai l'impression qu'il essaye de redorer mon blason. Nos regards se rencontrent, je lui souris timidement. Son visage s'illumine, ce qui me réchauffe le cœur.

Dès que j'ai fini, je file me changer au vestiaire. Mon portable clignote. C'est Cara qui a laissé une tonne de messages énervés parce que je ne décrochais pas. Elle s'imagine que je tricote pendant le service ? Je la rappelle.

— Enfin !

— Cara, je n'ai pas le droit de répondre quand je bosse, tu piges ?

— On s'en fout, j'ai un truc hyper-important à te dire.

— Quoi ?

— Daniel va venir au Kitchen Basilic !

— Il est ici.

— Et tu ne disais rien ? Je te déteste !

— Si tu me laisses parler, peut-être que…

— JE TE LAISSE PARLER !!! Qu'est-ce qu'il a dit ? Il t'aime ? Il va…

— Daniel m'attend.

— Putain, il te raccompagne ?

— Vu que tu n'es pas là et que je n'ai pas de voiture, je suppose que oui.

Cara se calme en réalisant qu'elle a oublié de venir me chercher.

— *Oups !* Désolée, Alex. Tu promets de me raconter tout, tout, tout dès que tu seras rentrée, n'est-ce pas ? Promis, juré, craché ?

— On verra, salut, Cara.

— Quoi, tu me raccroches au…

*Clic. Ouf.* Elle était trop déchaînée. Je sors par l'arrière du restaurant et rejoins Daniel, qui attend sur le parking. Il se redresse en entendant mes pas.

— Il fait froid, je te ramène, Alex.

— Je ne dis pas non.

Il est garé plus loin, on marche côte à côte et en silence. J'ai une furieuse envie d'enlacer mes doigts aux siens. Daniel s'arrête à la hauteur d'une voiture que je ne connais pas.

— Tu as vendu l'ancienne ?

— J'avais besoin d'argent. J'assure le loyer du penthouse, maintenant.

— Tu y habites toujours ? C'est un peu grand et cher, non ?

— Tu veux vraiment savoir pourquoi je vis toujours là, Alex ? Parce que j'attends que tu reviennes, chérie.

Je rougis. Voilà, je suis toujours aussi pathétique et guimauve, comme fille. Daniel m'ouvre la portière sans faire de commentaire, il se glisse au volant.

— Je te ramène chez Cara ?

— Euh… non, chez toi.

C'est dit, je ne peux plus le reprendre. Daniel exulte en faisant rugir le moteur.

— C'est parti, madame !

Il ne cesse de jeter des petits coups d'œil vers moi pendant le trajet, comme pour s'assurer que je ne disparais pas de mon siège.

— Tu me surveilles !

— Je te trouve sublime. L'air de Californie ?

— Toi aussi, tu as changé, Daniel.

— Heureusement que tu ne m'as pas vu après ton départ… J'étais une loque.

— Moi aussi… Merci pour les livres, au fait. Tu n'étais pas obligé.

— Si. Tu y étais tellement attachée, et moi, j'avais besoin de me faire pardonner. Je pensais au plaisir que tu aurais en les retrouvant.

— Ça veut dire que je dois te racheter une Lambo !

— Non, il y a Cordy !

— Cordy ?

— Cordy, ma nouvelle caisse, qui m'emmène là où je veux aller !

— Tu as vraiment vendu l'autre ?

— Oui, je suis libre et émancipé, je ne dépends plus de mon père.

Je pose ma main sur la sienne pour lui montrer que je suis fière de lui et qu'il a pris la bonne décision. Un courant électrique me traverse le corps quand Daniel enlace ses doigts aux miens. Notre complicité commence à refaire surface, chacun de nous goûte ces instants de bonheur simple.

Remettre les pieds dans l'appartement est un choc, car rien n'a changé depuis mon départ. Je suis presque intimidée. Daniel le sent et réagit aussitôt.

— Pancakes, chérie ?

— D'accord.

Je le regarde sortir ses ustensiles, verser la pâte dans la poêle, surveiller attentivement la cuisson.

— Miam, tes pancakes, ça m'a manqué, je murmure.

Il nous sert deux assiettes et s'installe en face de moi. Un vrai régal avec du sirop d'érable. Une fois notre encas terminé, le moment de discuter est arrivé. Daniel plante ses yeux dans les miens.

— Tu as réfléchi à ce que je t'ai dit, Alex ?

Son pouce caresse le carré de peau sous mon poignet.

— Tu m'as énormément manqué, Daniel, il n'y a aucun doute… mais ce que tu m'as fait subir était horrible. Ne décide plus jamais dans mon dos, sans m'en parler. Tu as cru agir pour mon bien, tu as pensé que l'argent ferait mon bonheur, alors qu'en réalité, après la mort de mon père, c'était de toi que j'avais besoin. Tu étais là, tu m'aidais, et tout d'un coup tu m'as rejetée.

— Je suis désolé, Alex, désolé à un point que tu n'imagines même pas…

— Moi aussi, je suis désolée. On fait tous des trucs stupides dans la vie, donc je vais arrêter de t'en vouloir pour ça. Ce qui est fait est fait. Le truc positif dans cette mélasse, c'est que, si je n'étais pas partie en Californie, je n'aurais jamais commencé à surmonter la mort de mon père ni compris ce qu'était la vie sans toi.

Daniel reprend espoir, je le lis dans ses yeux.

— Et tu sais quoi, Daniel ? La vie sans toi, ça craint.

— Sérieux ?

— Archi-sérieux.

Daniel se détend enfin, éclate de rire, exécute une incroyable danse de la joie (et casse une assiette par inadvertance) puis m'attrape dans ses bras pour me faire tourner en l'air.

Il m'a manqué, tellement manqué.

— Alex, j'ai besoin de savoir : est-ce que tu m'aimes ? J'ai besoin de l'entendre.

— Oui, je t'aime ! Je t'aime, je t'aime à la folie ! J'aime tout ce qui fait de toi *mon* Daniel. Maintenant, embrasse-moi, idiot !

— Moi aussi je t'aime, chérie.

Cette fois-ci, enfin, nos lèvres, nos souffles, nos corps se fondent, nos cœurs battent à l'unisson, si fort qu'ils résonnent dans la cuisine. Sa langue vient à la rencontre de la mienne, ses mains caressent ma peau, je respire la sienne, je puise sa chaleur, il me goûte, me presse contre lui, c'est si bon, les retrouvailles. J'éclate de rire en pensant à ce qui nous attend.

— Qu'est-ce qui te fait rire, chérie ?

— Toi et moi, on est complètement dingues !

— Dingues, mais amoureux !

## ÉPILOGUE

*Huit mois plus tard*

— Vous êtes sûr d'avoir réservé, monsieur ? demande Marianne, amusée.

Le monsieur en question a un sourire jusqu'aux oreilles. Sa joie n'est pas destinée à Marianne, mais à la fille pendue à son bras.

Moi.

— Marianne, je t'ai dit que je prenais ma soirée pour que Daniel m'emmène dîner.

Mon amie éclate de rire et attrape deux menus.

— Je t'imitais ! Tu faisais pareil quand Daniel ramenait ses copines le samedi soir.

— Rien à voir ! s'exclame Daniel en m'attirant contre lui.

Je deviens aussi rouge que ma nouvelle tenue – une robe-bustier dont l'encolure est brodée de perles – achetée pour l'occasion. Je suis trop belle dedans !

— La table de M. et *Mme* Kerrington, alors ?

Qu'est-ce qu'elle nous chante ? On n'est pas mariés ni fiancés en vrai ou pour de faux ! Marianne se décide enfin à nous conduire jusqu'à notre place. Daniel commande les spécialités du Kitchen Basilic et du champagne (le même que celui que j'avais déversé sur sa tête). Dès que Marianne est repartie, il m'attrape la main et me regarde langoureusement, un vrai cocker !

— Merci d'être là, chérie. Tu bosses en permanence, on n'a plus le temps de rien. C'est dur de se réveiller dans un lit froid et de prendre des douches tout seul…

J'avoue qu'il n'a pas tort, je n'ai pas été très présente ces derniers mois : *Paravents* va être publié prochainement. J'avais envoyé mon manuscrit à une maison d'édition sans trop y croire et, moins de dix jours après, je recevais un coup de fil pour un rendez-vous. Ensuite, tout s'est enchaîné.

Si ma vie est transformée aujourd'hui, c'est aussi – et beaucoup – grâce à Daniel. Lorsque nous avons réalisé que nous ne pouvions pas nous passer l'un de l'autre, nous avons recommencé à zéro. Sur de meilleures bases. Lentement mais sûrement, nous avons reconstruit notre couple, et cela en valait la peine, Daniel en vaut la peine.

Les médias, les paparazzis ont fini par nous laisser tranquilles quand ils ont compris que nous étions vraiment amoureux. Idem pour le père de Daniel, qui n'avait plus aucun moyen de pression sur son fils.

Au début, ça n'a pas été rose pour Daniel, il a dû apprendre à se débrouiller sans piston pour décrocher du boulot, perdre ses habitudes de fils à papa né avec une cuillère en argent dans la bouche. Mais il y est arrivé en trouvant un travail dans un bar. Daniel s'est révélé très doué pour inventer des cocktails et virer les alcoolos bruyants ! Il économise pour acheter sa propre affaire, un bar qu'il compte baptiser Eva, le prénom de sa mère. J'ai tout de suite adoré son idée de bar avec karaoké les week-ends et guitare en semaine, par Daniel lui-même. Les filles raffolent de ses interprétations. Je m'en fiche tant qu'il continue de jouer pour *moi*.

— Merci d'avoir été patient, Daniel, le livre sera en librairie dans dix jours. Je reviens !

— Tant mieux. À mon tour de profiter de toi, chérie.

Nos plats sont servis. Daniel me parle de son projet, de Simon qui va bientôt demander à Cara d'emménager chez lui. Il paraît qu'il est mort de trouille, parce que mon amie pourrait considérer que c'est « trop tôt ». Bien sûr, Daniel soutient son pote et moi je trouve que Simon prend trop de précautions, comme d'habitude. On se taquine pour la forme, on boit du champagne, on s'embrasse, on rit, la soirée passe comme un rêve. Marianne vient nous prévenir que le restaurant ferme.

— Il est déjà si tard ? s'exclame Daniel en vérifiant sa montre. Zut, je voulais t'emmener quelque part.

— Où ça ?

— Tu verras.

— Alleeeeeez !

Daniel me regarde en riant, mais ne lâche rien. Au bout d'un quart d'heure de voiture, il se gare en bas de l'immeuble où habite Simon. Daniel sort une clé de sa poche, me prend par la main et m'entraîne jusqu'au quatrième. Un étage au-dessus de chez Simon. Il ouvre la porte d'un appartement. J'entre dans une pièce vide aux murs clairs, baignée par les rayons de lune.

— On est où ?

Je sens sa nervosité, il me cache quelque chose.

— Daniel ?

— Euh… En fait, je crois que… j'ai acheté cet appart.

— Acheté ? Mais pourquoi ?

— Parce qu'on continue de vivre dans le penthouse de mon père. On a des souvenirs, c'est vrai, mais pas tous bons, alors je voulais qu'on redémarre chez nous.

*Daniel, mon amour.*

— Je pensais que tu économisais pour lancer Eva ?

— Oui. Mais ça aussi, c'était important. Je devais le faire.

— Je suis super heureuse, mais tu n'étais pas obligé, Daniel.

— Si. Parce que je voulais aussi t'offrir ceci, chez nous.

Daniel plonge la main dans sa poche de veste pour en sortir une petite boîte. Mon cœur s'emballe. Je devine ce qu'il y a à l'intérieur. Daniel l'ouvre et me présente un anneau d'or surmonté d'un diamant. Ses yeux bleus jubilent. Je sens déjà des larmes me picoter.

— La dernière fois que je t'ai offert une bague de fiançailles, c'était raté sur toute la ligne et je ne l'avais même pas achetée moi-même. Je regretterai toute ma vie de t'avoir fait du mal, Alex, mais jamais de t'avoir rencontrée. Tu me combles chaque jour un peu plus. Je t'aime, chérie.

Vous vous en doutez, je pleure.

— Tu es entrée dans ma vie comme une tornade, tu as renversé les murs qui m'entouraient en faisant l'effort de me comprendre.

Daniel met un genou à terre.

— Je t'aime, chérie. Je t'aimais déjà quand tu as déversé du champagne sur ma tête, quand tu m'as envoyé un coup de genou là où je pense, quand je t'ai embrassée la première fois et que tu étais rouge comme une pivoine. Je t'aime à la folie, pour toujours et plus encore, et je veux passer le reste de ma vie à te convaincre que tu es faite pour moi. Toi, ma moitié. Alex.

Je pleure à chaudes larmes. Daniel se relève pour me serrer dans ses bras.

— Chérie, dis-moi que tu es d'accord pour te marier avec moi.

— Ouiiiii ! Oui, je suis d'accord ! On se marie ! Je t'épouse !

Soulagé, Daniel se détend puis me passe sa jolie bague au doigt.

— Elle est parfaite ! s'exclame-t-il, fier de son choix.

— Oui, elle est parfaite. Je t'aime, Daniel.

Mon fiancé officiel m'enlace pour un long baiser qui m'électrise de la tête aux pieds. L'instant est magique, une vraie scène de cinéma, du bonheur à l'état pur.

— Tu crois qu'on pourrait inaugurer l'appart ? murmure-t-il avec gourmandise.

— Oui, je crois, monsieur mon futur mari !

Daniel se jette sur moi, j'éclate de rire. Nos vêtements volent à travers le salon, ma robe, sa chemise, ses chaussures, mes talons, son pantalon, mon soutien-gorge, son caleçon, ma culotte en dentelle. On attrape la couverture qui traîne dans un coin, puis on prend le temps de s'aimer longuement, passionnément, en savourant chaque minute de cette soirée magique. Comme si c'était la première fois de notre histoire. Daniel est attentif à mes désirs, il me caresse avec délicatesse, va et vient en moi, crie mon nom puis s'écroule, heureux et épuisé. Je cale ma tête sur sa poitrine, j'écoute son cœur qui tambourine et j'admire sa bague.

— Cette fois-ci, c'est pour de vrai, je murmure.

— Pour de vrai, oui.

— Et on fait quoi, maintenant qu'on est vraiment fiancés ?

— On s'occupe de notre mariage, chérie ! J'aimerais que ce soit en juin, quand il fera beau… Huit mois à attendre.

— T'inquiète, ce n'est pas si long. Ce sera un super mariage !

— Ta mère a déjà plein d'idées, elle m'en a parlé quand je lui ai dit que je faisais ma demande ce soir. Elle y réfléchit depuis qu'on s'est remis ensemble.

— Dommage que papa ne soit plus là…

— Où qu'il soit, ton père est fier de voir qui tu es aujourd'hui, Alex.

— Et heureux que j'aie trouvé un mec comme toi.

Daniel m'enveloppe dans ses bras, ses lèvres cherchent les miennes.

— Vivement que je t'épouse, Alexandria Wood.

— Et qu'on continue de se disputer, de se réconcilier et de s'aimer encore longtemps, Daniel Kerrington.

— C'est ce qui donne du peps à notre amour, chérie. Tant que je serai avec toi, tout ira bien.

Ses mots me vont droit au cœur, je fonds comme une guimauve, j'ai de la chance d'avoir rencontré l'homme de ma vie. Ce n'était pas gagné au départ, nous avons traversé des épreuves, mais aujourd'hui Daniel est mon oxygène, mon indispensable.

Nous aurons des hauts et des bas comme tous les couples, mais je sais que nous surmonterons les obstacles parce que son cœur m'appartient et que je lui ai donné le mien.

PAPIER À BASE DE FIBRES CERTIFIÉES

Le Livre de Poche s'engage pour l'environnement en réduisant l'empreinte carbone de ses livres. Celle de cet exemplaire est de :
300 g éq. $CO_2$
Rendez-vous sur www.livredepoche-durable.fr

« Pour l'éditeur, le principe est d'utiliser des papiers composés de fibres naturelles, renouvelables, recyclables et fabriquées à partir de bois issus de forêts qui adoptent un système d'aménagement durable. En outre, l'éditeur attend de ses fournisseurs de papier qu'ils s'inscrivent dans une démarche de certification environnementale reconnue. »

Édité par la Librairie Générale Française - LPJ
(58 rue Jean Bleuzen, 92 170 Vanves)

Composition Nord Compo
Achevé d'imprimer en Espagne par Liberdúplex
Dépôt légal 1re publication février 2021
15.2500.5/ 02 - ISBN : 978-2-01-713408-4
Loi n° 49-956 du 16 juillet 1949 sur les publications destinées à la jeunesse
Dépôt légal : janvier 2023